INK INK INK INK INK INK
INK INK INK INK INK INK INK
INK INK INK INK INK INK
INK INK INK INK INK INK INK
INK INK INK INK INK INK
INK INK INK INK INK INK INK
INK INK INK INK INK INK
INK INK INK INK INK INK INK
INK INK INK INK INK INK
INK INK INK INK INK INK INK
INK INK INK INK INK INK
INK INK INK INK INK INK INK
INK INK INK INK INK INK
INK INK INK INK INK INK INK
INK INK INK INK INK INK
INK INK INK INK INK INK INK
INK INK INK INK INK INK
INK INK INK INK INK INK INK
INK INK INK INK INK INK
INK INK INK INK INK INK INK
INK INK INK INK INK INK
INK INK INK INK INK INK INK
INK INK INK INK INK INK
INK INK INK INK INK INK INK
INK INK INK INK INK INK
INK INK INK INK INK INK INK
INK INK INK INK INK INK

INK

INK

文學叢書

101

# 月蝕

施珮君◎著

獻給一路堅持我重返文學之路的

蘇玫菁小姐

及

Mr. Ketut Arthana

# 【目次】

# 自序

重新提筆已經是二〇〇四年三月底的事情了，從峇里島回台北的長榮班機上，體內蠢蠢欲動的文學因子滋擾我塵封已久的心靈。

這一路行來，我頗負盛名的父親是我人生中最大的壓力，也是我毫無退路的負擔。從十五歲以來，我開始小說的創作，曾經受到許多作家長輩的關切，但是年輕氣盛的我理所當然地以爲那是因爲我的父親，所以大家如此地關照我，於是，十八歲的我帶著割袍斷義似的愚蠢決心，與文學創作從此劃清界線，在現實社會中載浮載沉。

轉眼，也十八年了。

許多的艱苦經歷隨著歲月的腳步逐漸習慣，卻不甘沉寂。

我一直都知道，自己這一生都將是永遠孤獨的旅人，心靈的漂泊不曾感受過避風港的安全與寧靜，生長在一個沒有父親，不被社會所接受的環境下，我習慣於自我安慰，習慣於退避在一個安全的角落，我相信可以成就自己，不論在任何艱難的環境下；我也相信自己的堅強與獨立可以面對一切的人情冷暖。

然而，多少次午夜夢迴時，對未來感到強烈的絕望，對於人生的那種失落與空虛像是毫無盡頭地向我擠壓著，多少次，很想就這樣離開這個世界，希望來世我可以是不同的生命，可以單純，可以平凡，因爲這輩子我已經歷太多。

人往往都相信自己願意相信的，而不是眞正應該相信的，所謂眼見爲憑似乎鐵證的一句話，其實在現實世界中也是非常弔詭的。

年幼的時代，執政者掌握一切資源，塑造所有想要讓你相信的事件，於是你看著黑白電視上面的新聞畫面，你相信著；二十多年後的今天，世界已經不同了，彩色電視上面的新聞仍然讓你確信不已。

但是眼見眞的爲憑嗎？

人世間很多的委屈，莫過於有口難言，所謂一將功成萬骨枯，很多時刻，我們爲了完成一個目標，造就一個形象，起初的隱忍與犧牲，到最後那一刻，竟然自動轉化成人們以爲的事實，幾近永難翻身之境，檯面上光鮮亮麗的笑容，對應著犧牲者背後無比的辛酸與苦難。

我很喜歡米蘭昆德拉的那本書，《生命中不能承受之輕》，短短的一句話，卻眞實的那麼刻骨銘心，需要用一生來體會，甚至犧牲一輩子也無法補救。

從白色恐怖時代下走過來的這一輩，我相信太多人都跟我一樣心頭有著永難磨滅的烙印，問題只是我們如何尋找出自己的出路。

我們總要爲自己找到一條出路吧？

只是有時候路眞的很難走，而我這一路依存的是藝術、文學跟我的女兒——王芃。藝術一直是我生存的原動力，文學更是自我救贖唯一途徑，而王芃卻是讓我繼續呼吸的最大勇氣。

即便父親已經從大苦難下重生，不擅與人群相處的他加上從小孤僻的我，似乎也很難重建一個不曾存在過的家庭，然而不曾擁有的或許就是最渴望的吧。

爲此我曾經選擇一段極爲單純的婚姻，最後發現自己的複雜很難在這樣單純的環境下得到平衡，於是一個完整的家庭對我而言，已是此生不再追求的東西。我對時間的記憶其實是很低能的，我相信那是潛意識裡對於無法承受的傷痛自然的防禦。眼前，我享受著與女兒相處的生活，也接受著經常不請自來的悲觀與哀傷，然而我知道只要有王芃的地方，那裡就是我的家。

我不知道像我這樣的一個人應該寫出怎樣的東西，但是我選擇一個自己曾經走過的時代背景作爲我正式回歸文學之路的開始，這樣的主題難免引人側目，不過也就是一篇小說創作，似眞似假，若實若虛。這個社會應該對周圍的事物多一些人文的關懷，少一點八卦的期待，世界應該會更加的美好。

那個時代傷害了許多家庭，許多現在大家都喊得出名字的要人，也同時傷害了許多大家從沒聽過的人，政治性的傷害不會選擇對象，總是一視同仁。

血緣間的傷害卻是更加錐心的。

一路走來，在無數次的盡頭處，我發現最激動時仍要努力保持著最冷冽的心，最冷漠時卻一定記得要緊緊護著別讓心頭的一點火花熄滅，這就是我可以繼續呼吸，繼續觀察這個世界的一點點訣竅。

人生裡，我經歷過許許多多的考驗，但是對於文學的考驗，現在才正要開始，我還有一條非常漫長的路要走，但誰的人生不是呢？

記得許多年前，我還在台鳳集團擔任公關主管以及助理發言人的時候，在第一屆海洋音樂祭的活動場地，現在擔任民主進步黨主席，當年仍是台北縣縣長的蘇貞昌先生曾經很體貼地把我介紹給他的家人與幕僚，同時也勉勵我，「要加油喔，讓我將來有一天向人家介紹『這是施珮君的父親』，而非『這是○○○的女兒』。」蘇先生這句話許多年來偶爾出現在我腦海中，在父親巨大的光環之下，這樣的激勵無異也是讓我努力向前的原動力之一，而這樣來自於長輩的關懷並不是經常會出現的。

「月蝕」，象徵的是最黑暗後的再現光明，還是永遠不圓的遺憾？我不知道，文學是一種救贖，卻沒有一定的準則，應該也是因人而異的。

此刻，我又在自峇里島返台的長榮班機上，距離我重新提筆恰恰正好周年，這篇十萬字的小說，其實並沒有眞的使用一年的時間來撰寫，中間也曾經停筆無數次，不斷的修正與重來耗去我一年的精力，藉著《月蝕》的完稿與出版，渴望自己也能從許多的煎熬中得到救贖後的重生。

度過而立的我，希望面對不惑之年可以更加豁達。

謝謝在我做爲文學創作逃兵的漫長歲月中，一直不離不棄、生死關頭會想起的兩位朋友蘇玫菁小姐及印尼籍大建築師Mr. Ketut Arthana，我的母親陳麗珠女士，如父如友給我智慧啓發的葉大般大律師，還有我最珍貴的寶貝——王芃。

二〇〇五、三、二十二於長榮班機
二〇〇五、六、十四修正於台北北投

# 序曲

一條長長的走廊不見盡頭，廊上擺放著幾張白色的戶外休閒塑膠桌椅，面前端放著一張剛畫好的塗鴉。

「這張圖給我好嗎？」一個男性低沉的嗓音自雲開背後傳來，那是學齡前的小雲開，正坐在一個男人的大腿上。

「可是給你，我就沒有啦。」

「妳可以再畫一張啊。」男人低沉的聲音又說。

小雲開猶豫了一下，轉頭便要把圖給他，可是一回頭，發現抱著自己的是一個身著囚衣，可是頸部以上卻空無一物的男人。

無頭男人背後映襯著一輪早出的白色明月，在遙遠小島上的蔚藍天際裡奇異地與太陽並存著。

許多年以後，小雲開知道記憶中沒有頭的囚犯就是自己的父親。

※

「懸賞查緝江洋大盜傅道，案情：叛亂罪嫌；檢舉因而查獲者，發密告獎金新台幣伍拾萬元正。」

「這是我的父親！」報上印入眼簾的是一張臉上帶著笑容的俊美男子照片，照片中的男子有著亦正亦邪的笑容，散發著迷人的優雅風采，十一歲的雲開愣愣地望著照片出神，這就是自己的父親，那個從未相處過，家中也找不到照片的父親，第一次看到父親的照片卻是報上斗大的懸賞海報。

對雲開而言，父親是個極其遙遠又陌生的形容詞，甚至連名詞也稱不上。她只知道在她出生前後父親都在坐牢，十一歲的她不知道爲何非友即敵的定義，僅是因爲對方與自己操不同母語；對於革命的意義更是懵懵懂懂，她只看見母親陳玫跟姊姊傅守禮經常相擁對泣，對於父親沉迷在革命事業中，總是有著些許的哀怨。

那麼，革命事業又是什麼呢？

是怎樣的一種迷戀，可以讓傅道不斷捨棄家庭與自身？多少人一生中可以有勇氣捨身取義？傳道卻可以兩次投身於台灣獨立的革命運動。

對於小學五年級的雲開，太艱深的眞相在某個黃昏的降旗典禮上，化作一個容易明白的小插曲。

「各位同學，我要跟大家宣布一個好消息。」台上的訓導主任是那樣遙遠而不可分辨面貌，但是他高亢而興奮的語調卻劃破長空地飛揚著，大家不禁好奇地望著遠遠升旗台上的訓導主任，不知道他要告訴大家什麼好消息。

「難道明天不用上學嗎？嘿嘿。」同班男同學開玩笑地互相說著。

「這種怎麼會是好消息？這些老師最怕我們放假了。」大家正左一言右一語，台上的主任傳來令雲開震撼的內容。

「那個無惡不作的江洋大盜傳道，今天下午被英勇的警察們抓到了。」訓導主任持續以亢奮的音調說著，全校同學莫不配合他興奮的心情也跟著歡呼起來，若問他們有何值得高興的，大約就是因爲一個壞人被抓到了，至於這個壞人做了什麼事情，想來這群天眞的孩子也是答不出所以然來的吧。

原本開著玩笑的男同學們只是回頭偷偷瞄著傳雲開，顯然非常尷尬也不知如何開口，對於五年級的孩子來說，這已經遠遠超過他們所能處理的智慧吧。

雲開靜靜地站在隊伍最後面，恍神地置身於歡樂慶典中，大家手舞足蹈地笑顏逐開，遠方傳來鑼鼓喧天在耳膜深處響起，下一刻就會有鮮豔熱情的舞龍舞獅進場表演吧？雲開下意識地引頸望著遠遠的校門口，無意間只看見的是夕照未落，卻又頑皮早臨的那一輪白色明月再度靜靜地在天際間看著自己。

「嘿，傅雲開，妳好嗎？」白色明月露出大大的笑容俯視著她。

「我很好。」雲開平淡地回答著。

「是啊，大家都很高興呢。」臉上有著些許淡淡胎記的白色明月饒富興味地說著。

「是啊，因爲我爸爸被抓了。」雲開露出一抹淡淡的笑容輕快地回答著。

白色明月伸手摀住嘴巴，「喔，抱歉，妳一定很難過吧？」

雲開搖搖頭，「我不知道，我跟我爸爸不熟，我也不知道自己現在有什麼感覺，應該不要有感覺比較好吧？」

雲開看著白色明月摸摸臉上的胎記，「也許吧，我們常常要假裝沒有感覺，這樣別人就不會知道我們在想什麼，好像比較安全。」

雲開露出笑容，像是偷偷地擁有了一個天大的祕密一樣。

接續幾天，雲開看見報上全是父親被捕的新聞，上面的照片也換成是一張下巴包著綳帶的父親照片，提到傅道爲了逃亡而進行整型手術，照片上的父親有著手術後腫脹的臉，被逮捕後拍攝的照片也不再顯得俊美，只是眼中依然充滿著桀驁不遜的光芒。

原以爲事情會因爲父親的入獄而暫時告一段落，然而所謂的政治鬥爭，在一個上學遲到的早晨讓雲開有了大徹大悟的體認。

「五年十五班，傅雲開同學請到升旗台上來。」升旗台上訓導主任透過麥克風指名要她上去，同學回過頭看看她，她並不眞的知道自己爲何需要上台，但也只能乖乖地穿過許多隊伍走上升旗台。

「這個遲到的同學，就是前幾天被抓到的江洋大盜傅道的女兒，傅雲開。」雲開震驚地轉頭看著訓導主任，時間彷彿在一瞬間就凍結了，一陣冰冷的溫度從足底蔓延到趾尖，向上滑過腹部來到手臂而至細緻且薄的雙唇。

她低頭看著台下先是短暫的沉默，緊接著傳來譁然的鼓譟聲，她也像是突然失聰，除了耳朵深處傳來隱約的雷聲之外，什麼聲音都無法辨認。

她轉過頭，眼神空洞地搜尋著那輪早晨常常忘記回家的白色明月，今天卻只有刺眼的太陽惡狠狠地瞪著她。

訓導主任推推她瘦削的肩膀，嘴上尖酸刻薄地口沫直飛，「我叫妳上台，妳還敢在這裡東張西望？」

訓導主任的話悠悠遠遠地傳進雲開的耳裡，像是空谷回音遙遠而不易辨別，她一雙冰冷的丹鳳眼掃過台下的同學，同學們無不張大嘴巴吼叫著，可是雲開聽不見，台下同學手舞足蹈的動作已是極爲遙遠的舞台劇，又或者她已搖身一變爲羅馬競技場中等待被金毛雄獅啃噬的人餌？

再一次回頭，看見訓導主任眼中流露出明顯的憎惡，嘴角仍飛揚著白色的唾沫激昂地對著她。

那麼遠遠飄來那陣奇特的味道就是野獸欄裡，雄獅口中腐屍的死亡氣息嗎？雲開彷彿可以看見自己被撕裂的軀體垂掛在金毛獅尖銳的齒縫間，殘餘的呼吸接收著來自牠喉嚨深處的腐敗氣味。

校園中在過去一段時間內，耳語謠傳著傳道的女兒也在本校就讀，訓導主任的行爲非但證實了那些耳語，更直接將雲開推上刑台，沒意料到她的父親仍在接受大審，女兒卻早他一步上了刑台。

雲開不記得訓導主任還說了什麼，也不知道自己怎麼走下升旗台，如何穿過人群安靜地回到自己的隊伍裡面，原來，這就是革命志業。所謂勝者爲王、敗者爲寇以及株連九族的意義，約莫也就是如此了吧？

回到家中，看見母親跟姊姊還是哀怨地互相安慰，三個人一起哭泣會讓事情變成不一樣嗎？雲開蒼涼地笑笑，安靜地回到自己小小的房間跟小小的書桌開始做起功課來，知道自己的人生在這一刻似乎已經被定位了。

父親，實在太遙遠了，像個形容詞，甚至連個名詞也稱不上。

一九七九年，雲開十一歲。

# 一

北島山上的幽靜巷道內，賓士寶馬羅列的轉角，雲開停好父親轉贈的二手銀灰色小鈝星，幫女兒月明開車門，爲她再次整理衣飾與頭髮，然後關上車門。

「媽咪，我們的車子還要還給阿公嗎？」月明確認母親記得鎖車門之後問道。

「不用啊，這輛車阿公已經給我們開了，我們不用還。」雲開這一生似乎都在開父親的二手車，汽車對她而言只是代步工具，從不具備炫耀的功能，因此對於父親的轉手讓她，她一路開來倒也怡然自得，只是剛上幼稚園大班的女兒何故有此一問呢？

牽著母親手的小月明蹦蹦跳跳地向著阿公的別墅前進，由烏黑柔細的髮絲所結成的小辮子在肩下隨著律動飛揚著，手裡緊抓著要跟兩個小阿姨分享的玩具，嘴裡嘟囔著，「我比較喜歡阿公其他的車子，上次有一台很漂亮黑色的，還有一台可以把思露思嘉的腳踏車也放進去的大車子喔，」月明停下錦雀般躍動的腳步，咬咬小嘴唇地說著，「媽咪，我覺得大車子比較好坐。」

雲開笑笑，「但是我們只有兩個人啊，這輛車已經夠大了。」

「可是不能放我的腳踏車啊，」月明繼續說道，「媽咪，大車子很貴對不對？我們現在沒錢吼？」

雲開正擇辭要回答時，月明又一展笑容，像極傅道與雲開的丹鳳眼中閃耀著星辰般的光芒，「媽咪，我長大要努力賺錢一起幫妳買一台大車子，好不好？」

雲開心裡苦苦地，低下頭看著天眞無邪的女兒，「好啊，月明最棒了。」

米白色的別墅裝飾著黑色及腰的鏤花鐵門，門鈴悄悄地掩蓋在黑眼鄧伯花叢之下。

「媽咪，媽咪，讓我按。」月明蹦蹦跳跳，放下母親的手跳上台階，從層層綠裡襯黃的植物下面爲門鈴撥出一條生路。

皮膚黝黑的菲傭出來應門，臉上似笑非笑，爲雲開兩母女開門旋即轉身離去。

一派天眞浪漫的月明不知是感受遲鈍抑或是無意放在心間，只顧著快速越過菲傭的身邊，一邊叫著思露跟思嘉的名字，一邊跑進青色大銅門裡面的另一個世界。

雲開慢慢走在菲傭身後，進入充滿異國風味的宅子裡，脫下鞋子，抬起頭看見傅道站在樓梯口，兩人只是簡單地打著招呼，接著看見一雙冷靜的大眼睛正瞅著自己，藍亭站在巨大落地窗前，法式布幔風帆似地裝飾著一方天花板，她一頭濃密浪漫的大捲髮垂及腰間，雲開也對她點點頭。

雲開穿過玄關經過儀容鏡，下意識地看了一眼鏡中的自己，奇異地穿透了鏡面中自己的倒影，卻望見北國冰封大地上，奇異生長著一株淒美風華的櫻花樹，樹下正靜靜地站著一頭白狐狸，美麗發亮的雪白毛皮映襯著黑色的大眼睛，正靜靜地凝望著自己，眼光深沉地讓人無法猜透牠的心情。

雲開眨眨眼睛，看見鏡中又反映出自己蒼白的容顏。

兩層樓的陽光別墅，共約百來坪的空間，高雅舒適的設計，犧牲部分空間造就一樓與地下樓層均具有優美庭園陽光穿透的特色，不難發現女主人具有慧心巧思與獨立個性的特色。

一樓除了美麗的庭園外，僅有一個大會客室，包含了客廳、餐廳與標準的歐式廚房，此外可見法式大印花棉布沙發搭配著米白色的懶人沙發，大量的古典燭台與顯現使用歷史的原木桌子及置物櫃恰如其分地分布在各個角落。

這個空間雲開非常熟悉，每次父親召喚她，總是順從地攜同月明前來，也總是坐在相同的位置注視著宅子裡的劇情，像個局外人。

傅道滿足地看著小女兒思嘉在他跟前爬上爬下，另一個跟外孫女月明一樣大的女兒思露也在他耳邊嘰嘰喳喳，雲開則是獨坐在另一端的長沙發上，看著月明在外祖父旁邊蹦蹦跳跳的快樂模樣，她知道小孩在大空間裡面總是較爲自在愉悅。

「所以您還是有打算要出來競選這屆的立委嗎？」雲開有一搭沒一搭地跟父親交談著。

傅道拍拍思嘉的臉，促她到旁邊遊玩，「應該會決定要參選，不過我還沒有對外宣布。」傅道只是簡單地一句話便交代完，氣氛又凝重起來。

雲開點點頭，每次氣氛總是這麼僵硬而冷淡，如果她不找些話說，空氣似乎就會立刻凝結，「要注意人事布局。」

傅道也只是點點頭。

傅道第二次出獄時，雲開已經二十一歲，從未有過共同生活經驗的父女，彼此間的定位也相對模糊。

雲開從未否定父親的革命事業，即便那曾經帶給她莫大的傷害且一直延續至今，然而，她未曾爲此埋怨過，不管曾經有多少人因而誤解她，她也可以坦然接受並且不需解釋，她唯一抗議過的，是父親對母親的決絕與不諒解。

在那個久遠而充滿驚慌失措的一九七〇至八〇年代，一個富家女爲愛私奔，丈夫很快又因爲政治革命坐牢，十多年後在諸多的不見容與委屈下離婚了也不是一件怪事。雲開未曾搞懂過父母間那段各說各話而複雜的恩怨糾葛，事實上她也無意想搞懂這一切，誠如她早就對父親說過的：

「您不用對我說當年的事情，當年太遙遠，您們處於長距離的兩端，所謂事實早已失眞，我只知道，我是母親撫養長大的，傅家的親戚視我們如瘟疫，要不是有母親堅強的養育恩情，我跟大姊早就不知道變成什麼樣子了。所以請不要在我面前說什麼母親『討客兄』之類的話，即便那是眞的，我也不在乎；更何況我認爲那也不是事實。」

雲開望著眼前的父親，她與父親之間的隔閡或許是從十四年前那番話種下禍根，又或者是由於雲開出生前後，父親都不在身邊的關係?!親子關係到底是天性？還是一樣需要經過練習呢？

但是，練習也要彼此都有意願才行吧?!

如今，坐在客廳兩端的父女，讓沉默一逕地蔓延著，雲開很清楚自己與父親在舉手投足間的相似度近乎百分百，更遑論容貌猶如複製。對雲開和母親來說，値得慶幸的也莫過於此，畢竟雲開是在傅道保外就醫的那半年間，母親帶同大女兒守禮前去照顧丈夫時才有的結晶，在那個敏感的時刻，若非雲開與傅道太過相似，恐怕母親還要背負更大的罪名。

「最好要提早準備，重組幕僚團隊也需要一些時間，往往單獨看來每個幕僚都很有能力，可是聚合在一起卻不見得有加分效果，凡事還是要提早準備比較妥當。」雲開試探性地說著，因爲她很清楚父親從在民主貢獻上難以撼動的神主牌地位墜落至凡間，大多是人和的問題。風流多情的傅道選擇要美人不要江山，所有得力幕僚紛紛離他而去，如果這樣的教訓都還不足以讓他覺醒，那還能做些什麼呢?!

父親只是沉默地點點頭，客廳裡又陷入令人沮喪的氛圍裡。

雲開佯裝撥打手機藉故走到庭院，隨即坐在造景石椅上面，試圖逃避令人窒息的沉默，身後格架上滿是智利懸果花，密密麻麻像是一串串鵝黃的炮仗。

她收起手機，看著宅子裡面溫暖的黃色燈光，浸淫在暖色系光圈裡面的孩子們跟傅道看起來是那麼的滿足而喜悅，可是爲何跟小阿姨同齡的月明，看起來卻一點也不像是屬於這幢宅子裡面的孩子呢？

父親從世人眼中的江洋大盜轉變爲台灣民主運動的英雄，及至後來的幾屆的立法委員，對雲開來說彷彿都是同樣的生活模式，行事一逕低調的她，年幼時不會刻意提及父親，年長後也不喜歡提及自己有個神祇般傳奇歷史的父親，或是有個擔任立法委員的父親，到此時，父親墜落凡間不再是個立法委員，對她而言，其實都是一樣的意義。只是總忍不住爲父親感到惋惜，有著特殊經歷與政治的先知灼見智慧，他應當有更大的發揮空間，如今卻飽嘗退黨後人情冷暖與選戰的挫敗。

她從不想利用父親的名聲求取金錢與事業，但是顯然也並沒有額外獲得父親的青睞與認同，父女間曖昧的關係深深地傷害了一直渴望有個父親的雲開。

不知道是誰調弱了庭院裡的燈光，益發顯得宅子裡充滿了溫暖的氛圍，雲開看著看著焦點逐漸失去……

剖腹產後的雲開，虛弱地躺在病床上，手術後已經三天，因爲貧血嚴重，好不容易終於可以走到育嬰室去看躺在保溫箱裡面的月明，一小段路走回病房已經讓她非常疲倦，才剛躺下，醫師即走進病房，將丈夫喚出去。

雲開心裡猛地竄跳著，難道是小孩有事嗎？不然爲何醫師需要把丈夫叫到外面去？幾分鐘之後，丈夫回到病房，神色木然，醫師陪同進來。

「是小孩有事嗎？」雲開問道。

醫師小心翼翼地告訴她，月明證實罹患先天性心臟病需要做手術。

一向堅強的雲開震驚地說不出話來，只是陡地落下淚來，「怎麼會是這樣呢？」

此時雲開的手機響起，丈夫接起之後遞給她，「是妳爸。」

雲開顫抖的手接起電話，只聽見父親雀躍的聲音有掩不住的快樂，「雲開，妳妹妹出生了，我終於親手抱到自己的女兒了！」

「媽咪，吃飯了。」月明跑進庭院裡面叫喚母親，雲開的焦距又集中在暈黃燈光的豪宅裡面，低下頭看著緊牽著她手的月明，雲開點點頭站起來隨同女兒回到屋子裡，當年傅道雀躍聲音映襯著的，卻是雲開孤單無依的淚水。

關上落地窗前，她抬眼看見那勾明月從雲層後面露出一點點臉來跟她搖搖頭。

雲開的頭開始慢慢地鼓動起來，每天都是一樣的情節，在頭痛中醒來，在頭痛中睡去，逐漸地耗去原本就單薄的體力。

「我跟藍亭在美國已經註冊結婚了。」雲開剛在餐桌前坐下，傅道突然說道。

雲開不能不說是有點錯愕，雖然她早就知道這一天一定會來臨，但是突然在這樣的一個場合裡面被告知，其實是讓她有點措手不及的，尤其是舉目望去，滿室僅有月明是自己的親人，這份孤單更顯深刻。

儘管一直都沒有一家人的感覺，但是從此時此刻起，傅道跟她已經再也不是一家人了。其實從來也不是一家人吧，雲開一直心知肚明，從未相處過的父女要怎麼成為一家人呢？如今思露思嘉也出生了，連藍亭也正式成為傅太太了，這個新家庭更加沒有她跟守禮的容身之地了。

雲開淡淡地笑了笑，「很好啊，恭喜，這樣也好，小孩都那麼大了，應該要給孩子一個正式的名分比較公平。」嘴上雖然如此冷靜而不帶一絲的情緒，然而雲開的記憶卻如潮水湧來，想起童年時期為了避免困擾，往往在父親欄上省略，這樣一路也長大了，或者真是同人不同命吧。

傅道觀察著雲開平淡的態度，只是點點頭。

「可以吃飯了，菜會陸續上來！」藍亭坐到父親身旁的座位說道，雲開無喜無嗔地點點頭，其實只要一開始頭痛幾乎也就無心用餐了，連低下頭都有困難，哪有情緒用餐呢。

近百坪的房子充斥著法國的浪漫情調，的確是處非常舒適的住所，或許這是父親犧牲多年自由所應得到的補償吧?!但是這樣的自我安慰，可以讓雲開支撐多久？其實是連她自己都沒有把握的，尤其近來又一直被病痛困擾著。

與雲開年紀相仿的藍亭跟著傅道也有十年了，歷經傅道的鼎盛時期以及低潮期，他們所共築的家庭彷彿是容不下其他人的，於是傅道也注定了在政治路途上走向孤獨的命運，許多關心傅道的人都曾經想要提點，卻找不到方向切入，唯恐稍微多講一點，就會連朋友或一點家人的關係都消磨殆盡。雲開也曾經極力給過建言，卻鬧得不歡而散，她曾經單純地想著寧可做說眞話的烏鴉，也不需要擔任阿諛諂媚的喜鵲，但是這樣的天眞的想法卻讓她在父女關係上吃足了苦頭。

是不是也因爲雲開給自己太多原則性的堅持，讓她人生路上走得如此坎坷與辛苦呢？雲開看著藍亭，心想連一直說不再結婚的父親也再度結婚了，自己的幸福呢？還會有幸福嗎？

幸福一定要別人給嗎？

「月明，趕快吃飯囉。」雲開將視線移向堅持要坐在雲開與思露中間的女兒，自己則很習慣坐在距離父親較遠的那邊，彷彿這樣便不會被這個家庭的溫馨場面所傷害。

餐桌上豐盛的菜餚拌著傅道一家人愉快的談笑聲下飯，卻聲聲刺痛雲開努力維持平和的心情。

「以後思露跟思嘉每天都要很早起囉。」傅道開心地說著，滿眼慈愛地望著兩個孩子，他的兩個孩子就要去就讀位於距家甚遠的某間貴族小學。坦白說，聽在雲開耳裡非常不是滋味，那般慈愛的眼神也未曾落在雲開身上，自己辛苦工作賺錢想要給女兒有更好的選擇也同樣遭遇困境，何以一樣是女兒卻有如此大的差別？

「還好吧，早起一點而已，但是那間學校很好啊。」藍亭一臉不以爲然地說著。

「是啊，自從帶著她們住了美國八個月之後，英語實在進步很多，不讓她們繼續上英語學校實在很可惜。思露的腔調現在完全就像美國小孩呢。」傅道臉上有著掩不住的得意。

雲開只是笑笑，安靜地吃著自己眼前的菜，雖然食之著實無味。記得父親爲不想參與總統大選間的風波而遠走美國前，曾經不以爲然地指責雲開想要讓月明就讀私立小學。

「妳要讓月明去讀私立小學?!」父親表情木然地看著雲開，「有這個必要嗎?」

雲開不解地看著父親，不明白何出此言，她向來獨立自主，她的婚姻從開始到結尾也都自己處理，自從過著單親的生活也已經超過五年，傅道也從不過問，但是眞因爲父親青春歲月都在服刑，所以眞的不經世事到這般田地嗎？

「思露跟思嘉都只要去念公立小學而已，我們覺得念公立小學比較好，就是山腳下那間公立小學啊。」藍亭不知所謂的在一旁附和著。

雲開笑了笑，陽明山腳下的公立小學也是超優質的熱門學校，「有沒有這個必要，只因爲我是單親家庭，」雲開不明白爲何父親似乎從未把她跟大姊放在心上，她們的生活好像也與他絲毫無關，可是每次需要上演家庭親情戲碼時，又不免想起要雲開配合出現，「念公立小學下午沒有人照顧月明，我也不想讓她去安親班，她從小已經流浪夠了，她的父親爲了報復我，已經讓小小的月明經歷過許多的苦，我不想念小學時還是這樣，中午被接到安親班，晚上又被接去褓母家，然後等我下班忙完才去接回來，所以我要安排讓她念私立小學，私小念整天，我比較不用操心。」雲開淡淡地說完，等待著父親的反應，但是父親仍然是一貫的冷然神情地點點頭。

過了半晌，傅道才說，「不然也可以讓月明來跟思露就讀同間小學，下課後就來家裡，妳下班再來接。」

雲開轉頭看了眼藍亭，只見她面無表情地說著，「這樣也可以啊。」

雲開還是客氣地婉拒了，因爲這是傅道跟藍亭還有兩個小孩的家，一點也不是雲開跟月明的家，畢竟一個人有了新的家庭，就自然會與舊家庭疏遠，更何況雲開跟傅道還從來都不曾是一個「家庭」。

八個月後的餐桌上，持續著和樂與兩個少婦間暗自較勁的對峙氣氛。

「月明會講英語嗎？」傅道似乎突然才想起自己也有個跟思露一樣大的外孫女，轉頭問雲開。

雲開點點頭，「她念雙語幼稚園，英語講得還不錯。」

「月明念哪間私小？」

「不念私小了，我們會念北投的公立小學。」

傅道面露疑色，因爲他似乎記得去美國之前，雲開曾經說過月明要去念私小。

「因爲那間私小在家長說明會時，暗示家長不歡迎單親家庭的小孩，所以就作罷了，現在讓她念公立小學，請了個外籍傭人在家裡接送她，可以幫忙打掃跟做飯，也挺好。」雲開淡淡地說著，事情發生時的傷痛已經再次被埋藏在心裡。

父親聽了也只是點點頭，並沒有特別提及什麼。

雲開放下碗筷，靜靜地看著月明用餐，頭痛仍然持續地撞擊著左側的太陽穴，「爸，麻煩您打個電話給陳醫師，我預約了他的門診，想請他幫我看病歷，我最近頭痛去檢查，搞了一段時間還沒有結果。」

傅道抬起頭看看她，眼神看不出來有何變化，只是點點頭，「妳原本看的那位醫師有說什麼嗎？」

「說懷疑有長東西。」

傅道的臉上仍然沒有特殊的變化，只聽他淡淡地說了聲，「嗯。」便低頭繼續用餐。

雲開看著父親的反應，心裡覺得很苦悶，要不是自己跟父親長得太相似，她不得不懷疑自己跟父親其實是一點血緣關係都沒有的。

雲開注視著藍亭的手指來回撫摸著紅酒杯的杯緣，那模樣像是愛撫著極私密的部位。

藍亭突然開口說，「雲開，妳爸爸說要幫妳介紹男朋友。」

父親笑了，雲開卻有苦說不出只是淡淡地笑了，將眼光從藍亭的手移到父親臉上，果然不是一家人。

「爸，下個月二十日我的離婚官司在高雄要開庭了。」

餐桌上突然出現非常尷尬的氣氛，自己的父親竟然不知道自己已經分居五年，卻因爲丈夫不願意簽字而一直處於無法離婚的窘境。

「小寶貝，趕快吃飯吧，我們等一下就要走了，妳還要去參加畢業典禮喔。」雲開無意在前一個問題上面糾纏下去，答案說穿了可能更加傷人，不如不知道吧，因此也只能催促著月明加快吃飯的速度。

月明注意力立刻集中在等會兒要穿的美麗禮服上面，「媽咪，等一下我可以穿那件漂亮的禮服跟思露她們玩一下嗎？」

「可以啊，不過一下子就要走了喔。」雲開只想趁早離開這個地方，每次她來探望父親，總是不到一個小時就感覺到自己是個外人，不應該叨擾傳道一家人太久。

雲開看著換上美麗白禮服的月明快樂地表演著旋轉跟許多舞步給她的小阿姨們看，眼睛也刻意地不再去看傅道。

「雲開，妳工作可能比較忙，不過月明的教育也要注意，不要有所忽略，藍亭在教育小孩上非常用心，很值得讚賞。」傅道用理所當然的語氣告誡著雲開。

雲開猛然轉頭注視自己的父親，不敢相信自己的耳朵所聽到的，「請問我有忽略什麼嗎？」頭痛突然像是加劇了幾百倍一樣，眼前所看到的影像也全都跳動起來。

雲開強烈的反駁態度讓傅道一下子語塞，「我不是說……」

雲開不管父親要說什麼，只是清楚地表達出自己的心情，「我想她該受的教育我都注意到了，唯一的缺憾是她並沒有一個『好父親』可以分擔經濟上的費用跟一起付出心力，況且，我也沒有好運氣可以有人協助來照顧我的狀況，如果我不用工作，我想我也可以做得更好吧？」雲開著實不能相信傅道竟然可以無知無感到這種地步，他幾乎從未對自己及守禮做過父親應該做的事情，雲開一直都依靠自己的力量努力地在活著，父親未曾檢討自己，卻以藍亭相比喻，這樣的傷害讓雲開再也不知道應該如何對待傅道。

傅道驚訝地看著雲開，「我並不是責怪妳，我只是……」

雲開揚揚手，「沒關係，不用再說了，」努力壓抑著委屈的淚水跟即將爆發的火氣轉頭喚著女兒，欲裂的頭痛幾乎讓她無法承受，「月明，該走囉，畢業典禮要遲到囉。」雲開不再給父親開口的機會，是誤會或是愚蠢的自私已經無所謂，許多不該犯的錯誤也都發生過無數次，沒有在第一次發生時糾正，彷彿就等同於宣布永遠放棄權利。

開車前往女兒畢業典禮的路上，月明玩累地躺在後座睡著了，雲開的手機在此時響起，沒有來電顯示，她鬱悶地接起電話，是那位陌生的父親。

「雲開，妳不是要陪我去看守禮？」傅道的聲音低沉而斷續，不知道是因爲剛才的事情有點心虛還是山路通訊不良。

雲開只是簡單地回答他，「我知道，我答應過的事情一定都會做到，我明天出國，等我回來就是了。」

說完話的雲開並沒有掛上電話，父親也沒有，客廳尷尬的沉默延續到電話中，雲開期待著電話那頭的人可以突然了解到自己是個父親，而她也是他的女兒之一，雖然已經長大成人，但仍是一個需要被關心的女兒。然而電話那頭似乎也在等待著雲開有進一步的表示，但是她還能表示什麼呢？「就這樣吧，我在開車，不說了。」

雲開掛上電話，眼淚也順著臉頰滑落，這不是第一次了，經常在離開傅道家時心痛難忍地哭著開車回家，「我也想要一個會關心自己的父親啊！」雲開心底的某個角落正小聲地吶喊著，呼應著太陽穴一陣一陣的撞擊。

雲開不明白何以傅道可以這樣負責任地照顧思露她們，卻覺得雲開跟守禮應該要自己面對生活的困境？眞的是因爲嫁出去的女兒是潑出去的水嗎？還是因爲傅道不能面對過去的負擔呢？守禮病了之後，傅道才開始負擔起守禮的生活費，但是每個月所供給的也不夠一個病人加上兩個孩子的開銷，可是對於有自己事業的雲開來說，偶爾傅道會答應對雲開伸出援手，這也是最大的極限了，但是連自己生病好像也對他沒有太大的意義，這樣的傷害實在難以承受。

男人到底是什麼？這是雲開這一生都難以了解的習題吧。父親跟丈夫到底有著怎樣的責任？雲開永遠也不明白。

權力是會使人腐化的吧？雲開總是這樣地堅信著，革命意念強如傅道，也是在出獄之後，被眾人拱至神主牌地位，在左擁右簇中漸漸沉淪。

二〇〇四年的總統大選前夕，面對著所謂的執政與在野兩陣營所推派的候選人，雲開逃離了台灣，像她的父親。但是傅道或許是要暫離是非之地，雲開卻只是對台灣這片土地充滿了失望的痛苦。

從小爲了台灣民主這個神聖的任務，雲開沒有自主權地被捲入權力鬥爭中，那樣的犧牲終究換來了政黨的輪替。只是權力腐化的速度讓雲開對於政壇上的一切不忍卒睹。

這就是她無辜犧牲之後所得到的代價嗎？

如果連坐牢二十五年的父親都會有沉淪的危機，那麼，又能夠苛責所謂在政壇檯面上的誰呢？

那麼如果這是人性，又能夠怨懟傳道在經歷過苦難之後的不經世事嗎？可是，雲開又該怎麼消弭自己內心的不平與傷痕呢？

「媽咪，到了嗎？」後座的月明像是夢囈般地問著。

雲開擤擤鼻子，搖搖頭說著，「還沒，妳可以再睡一下。」

「媽咪，等一下有人幫我們拍照嗎？Tammy跟Maggie她們的爸爸也會去喔，會幫她們拍照耶。」

雲開努力平撫的心情又立刻被撥撩起來，「乾媽也會帶弟弟一起去喔，要看妳表演也會幫我們拍照喔。」雲開忍著對孩子愧疚的淚水強顏歡笑地告訴月明。

「眞的嗎？乾媽他們也會去嗎？」月明開心地從後座坐起身來，「那參加完畢業典禮咧？」

「要去看電影喔，所以等一下要好好表演，妳也有朋友來參加妳的畢業典禮喔，妳再睡一下吧。」

月明開心地躺回後座，不多久又再次睡去。

雲開打開車內的音響，馬友友的音樂讓她感到壓抑的心情得到一點點的舒緩，回頭看看後座的女兒，她不知道自己到底在人生路上犯了多少錯，只知道不應該讓月明也跟著挨苦，但是人生許多的錯誤並不是只有影響到自己，往往是連上一代跟下一代也要被牽連的。

但是雲開很懷疑父親懂不懂這個道理，所有的決定其實都是會影響很多的人事物，像是雲開最喜愛的小說之一：《生命中不能承受之輕》，人生往往可以很輕易地做下一個決定，可是後來所產生的負擔卻經常是難以負荷的沉重，這種道理大多數的人都不懂，可是他們卻往往都經歷過這種體驗。

雲開也不例外。

爲了想要從曾經犯下錯誤的婚姻脫逃，雲開花了六年的時間思考，下定決心之後卻又經過了五年的分居而不能得到善終，在別人眼中或許是人生最珍貴的青春歲月，雲開所關心的只是月明的心態是否可以得到正常的照顧？

「怎麼我走過的童年現在都要一一再次應驗在月明身上嗎？」雲開緊握著方向盤轉個大彎，向著幼稚園的畢業典禮前進，雲開忍不住輕嘆一聲，「月明的未來也會跟我一樣多舛嗎？」

雲開搖搖頭，「即便沒有父親在身邊，我也會給月明最適度的教育跟正常的生活，生命中並不是事事完美，或是人人都有美滿家庭的呀。」典禮會場就在眼前，特地來陪伴她們兩母女的好友May跟雲開的乾兒子也在門口等候著，雲開露出微微的笑容，「從小到大，不都是朋友陪在我的身邊嗎？」忽然想起遠在峇里島的Mr. Big Guy。

畢業典禮上，雲開看著月明代表畢業生以英語致答謝辭，又欣賞著女兒精采演出英語童話劇，隨著女兒上台領取畢業證書那一刻，面對著鏡頭露出驕傲的笑容，堅強如雲開也是幾乎就要落淚。

自己獨立撫養的孩子，也從幼稚園畢業就要進入小學了，雖然許多事情並非盡如人意，然而，兩母女也是一路走到這裡了，接下去的，只是繼續攜手前行，不要猶豫更無須後悔，這就是她們兩人的命運啊。

「月明，妳很棒喔，代表畢業生致答謝辭耶，上小學之後要繼續加油喔。」雲開最好的朋友也是月明的乾媽May在畢業典禮後對月明說著。

高高瘦瘦一臉天眞的月明認眞地點著頭，「我長大以後要賺錢買皮包、手錶跟口紅給媽咪。」

大人們聽了無不由衷地笑了出來，對雲開而言，她從未想過要養兒防老，但是自己的女兒可以自動自發地說出這些話，她除了欣慰還能再多要求什麼呢？儘管這不過只是小孩子童年時的想法，不過，管她呢？及時享受當下的幸福才是比較重要的吧。

May看著這對母女，想到雲開的過去與現在，不禁搖搖頭，「聰明如妳，怎麼會陷入這樣的婚姻窘境之中？那是妳最珍貴的青春歲月哪！」

「其實，也沒有什麼了不起的原因，一切都只是因爲自以爲聰明如我，要工作賺錢養家應該一點也不難，就算我的婚姻中途有了狀況，或不如我所預期的方式，我也有能力可以生存下去。」雲開只是保持著平穩的態度述說著，彷彿是在講述別人的閒事，她伸手按摩著太陽穴，不知道這些疼痛何時才會停止。

「妳就是一直這樣想，但是到現在，妳還是想要獨立賺錢養家嗎？還是不願找個好對象結婚享福？妳覺得妳童年的時光還不夠苦喔？」May看著她按摩自己太陽穴的動作關心地繼續問著，「妳還在頭痛嗎？醫生的檢查報告何時出來？」

「沒有報告，本來說後續還要做電腦斷層，可是一直沒有下文，只是不斷叫我吃藥，所以我預約了另外一個醫師，下週要去看門診。」雲開頓了頓，回到May的問題上，「誰會想過這樣的生活？只是我看見我母親養家似乎也很自然，所以當我丈夫不去工作之後，我彷彿也覺得我有能力養家是理所當然的結果，要我對丈夫開口要錢，我實在辦不到，只是我也高估了自己，以為可以這樣過一輩子，畢竟是我自己想要找一個平凡家庭的男人當丈夫的，出了任何狀況又能夠責怪誰呢？」雲開幽幽地苦笑著，這也是事實，當初為了避開複雜的政治圈，特意挑選了單純平凡的男人，卻無法承受雲開與生俱來的宿命，其實也是極端無奈。

「也許他從一開始就娶個平凡的女子，他的人生也會有徹頭徹尾的改變，或者就不會是現在這種樣子，其實我們雙方誰都沒有贏，說穿了都是輸家吧。」經過五年的分居，雲開對於這一切已經看淡，姻緣路上雲開已經沒有掛號的興趣，至於老來伴也只能看緣分而已，目前對於雲開而言，只不過是法律上應該要完成手續而已，只是丈夫何時能懂，一點兒也不是雲開所能控制的。

有時候，面對積極追求她的對象而言，一直無法獲得解決的婚約關係其實是個好託辭，又或者她的丈夫也如是想，於是便這麼一直延宕了下來。

「妳不要再拖了，都幾歲了？趕快解決婚約問題，妳就可以有新的對象。」好友永遠都替她擔心，也常常玩笑地說著，「不然照妳這麼孤僻的性格，妳老死之後可能會被妳養的貓或狗吃掉。」

每次好友的話總讓雲開發噱，卻也是怵目驚心的事實，「那就不要養吧，這些事情，誰也說不定的，我這樣複雜的家庭，要叫誰來承受呢？難不成又要多幾個受難者嗎？」

May不以爲然地看著她，「能有多複雜？不過就是一個從小沒有父親的女人，希望丈夫能夠同時擁有父親跟情人的形象罷了，這種情況很多人都有啊，比較特別的是妳父親是名人而已，所以妳做什麼事情都綁手綁腳的，妳又太聰明，經過太多事情之後，原本孤僻的脾氣變得更加古怪，所以應該要找個特別成熟的男人，就只是這樣而已。」

「妳是下週去看醫生嗎？我陪妳去吧。」

雲開感激地笑了，卻搖搖頭，「不用了，那個醫生很有名，大概有很多病人，要等很久。」

May露出笑容，「我過兩個星期就要回大陸去了，咱倆姊妹也是有說不完的話，就當在醫院喝咖啡聊天囉。」

雲開載著月明回家的路上，想著May的剖析忍不住搖頭苦笑，「從外人眼中看自己的遭遇的確是單純多了，又或者，本來就是這麼單純，一切都只是因爲自己放不下？要放下到底有多難？是難，還是因爲自己不甘願所受的苦就這樣成爲過去？如果是這樣，我到底想要討回什麼公道？又是想要跟誰討公道？有意義嗎？這是我一直藏在心中的最陰暗角落的眞相嗎？」

「不是的，妳只是想要一個平穩的生活，過去的經歷造就了現在的妳，並沒有什麼不好，如果重來一次截然不同的生活，妳又會變成怎樣的一個人呢？平穩生活的基本條件是一個完整的家庭嗎？妳眞的需要再找一個對象嗎？」雲開抬頭看見那勾月亮努力地追逐著她們，一邊瞅著雲開說道。

「月明眞的需要一個父親嗎？」雲開問道。

白色月亮猛地停下腳步，搔搔臉上的淡淡胎記反問，「這個問題是妳敢面對的嗎？」

雲開望著返家的路，雙手緊握著方向盤，走過沒有父親的漫長歲月，所有隱晦不明的曖昧，所有不可見光卻偏要找尋光明正大理由解釋的經驗她全都嘗過，月明眞的需要一個父親嗎？

# 二

「看，妳的星星！」Mr. Big Guy總是隨手就可以從擁擠的星空中，指出屬於雲開的「南十字星」。

天空中繁星點點，襯托著海邊機場不斷起降的航機燈光，峇里島接近赤道的地理位置，得以同時在一方天空中窺見南北兩半球的星星。

海風陣陣，襲人清涼，一點也不像台灣海邊黏濕駭人，每次來峇里島，Mr.Big Guy知道她喜歡海鮮，總會帶她來金巴蘭的海邊看一會兒星星跟用餐。

「這裡燈光還是太強，也許明天帶妳去另外一個地方，更容易看到星星。」

雲開笑著點點頭，相較於台灣的光害與空氣污染，這裡的天空已經很讓她滿足了，即便在台灣的山上也未必就可以仰觀滿天星斗。她仰頭注視著擁擠的天空，一切就像一九九〇年的天空，不同的是十四年來的人事變化，想起自己曾經放棄的跟不得不放棄的，以及有些永遠都不會改變的事實，雲開幾乎就要落淚。

Mr. Big Guy忙著回電話簡訊，沒有發現身旁的小朋友不由自主陷入深沉的哀傷中。在一次機緣安排下，雲開接下了一件廣告案前往峇里島拍攝廣告片，結識了當地的知名律師。

年長她十二歲的Mr. Big Guy總是鼓勵雲開，他老愛說，「妳已經三十五歲了，有自己的人生，有自己的孩子，妳不再需要為任何人犧牲，不需要再成就其他人，妳只需要過自己想要的人生，想說就說，想哭就哭，想過怎樣的人生就朝那個方向努力才是最重要的。」

雲開努力眨眨眼睛，不想破壞此刻的氣氛，Mr. Big Guy的電話響起，聽他低沉的嗓音應對著電話那頭的人，記憶恣意如潮水般湧來，記憶中的南十字星大而耀眼，近得像是一伸手就可以摸到，近得像是可以隨著她的方向回到北方的故鄉——台灣。十四年前所看到的南十字星與此刻所看到的並無不同，不同的緯度不同的距離，但總是那個深刻烙印在心中的星座……

「是妳逼我們來這裡的，是妳說如果不來就要去跳樓的，當初是誰害我結不了婚？害我沒有臉見人？害我不能找到一份好工作？不都是妳嗎？現在困在這裡回不了台灣不也是因為妳的關係嗎？」傅守禮的聲音穿透十四年的光陰，像是當年隔著月租套房牆壁共鳴在雲開的耳膜。

「妳自己不想來嗎？我說不想讓雲開跟外省人交往，妳就贊成來移民，難道都是我自己的主張嗎？我知道妳一直怪我嫁給妳爸爸，妳找不到好工作，我也一直養妳，有埋怨過妳嗎？妳跟那個醫生交往，不跟對方講清楚妳的背景，九年後才被拋棄，這也是我的錯嗎？我一直提醒妳，妳都聽不進去，那個醫生在我們家吃在我們家住，也都是花我的錢，妳這樣講未免太不公平了！」母親的聲音尖銳地咆哮著。

即便帶著隨身聽，音量放到快要不能承受的〈波麗路〉也擋不住難堪的傷害，雲開將音量再調大一點，試圖不去聽見這一切，但是刺耳的對白仍如魔音穿腦而來，她不知道自己隔著厚實的牆壁，帶著耳機聽交響樂都可以聽見家人的爭吵，在這棟住著許多外國人的套房公寓裡面，有多少人正豎耳聆聽，雖然他們一點也聽不懂這群東方人在吵什麼。

「妳根本就只是不想面對爸爸要出獄的問題，所以硬要我們都一起離開台灣，不要把責任推到我身上。」

雲開將日記本收進抽屜小心地上鎖，她知道自己的家人對於隱私權是一點也不了解的，這樣的爭執從台灣來到阿根廷，橫越半個地球卻是不變的情境，自己放棄了一切以爲可以換來和樂的氣氛，不過只是愚蠢的想法。放下隨身聽，她站起來走了出去，門口，傳來難以忍受的聲音與羞恥，她看見對門英國人正不耐煩地對她搖頭，她也只能擠出一抹笑容跟對方道歉。

屋外，寒風刺骨，怎麼也抵不上家人所造成的傷害。

「妳想去哪裡呢？」月亮彎彎地趴在雲層上，懶洋洋地看著緊抓著大衣領口的雲開，

「今晚很冷。」

還來得及搭上最後的公車吧？十一點，路上行人稀少，上了公車拿了車票，下意識低頭唸著車票號碼，阿根廷人相信如果車票號碼正著唸跟倒著唸是一樣的號碼將會帶來好運。當然，雲開從不認爲自己會有好運。

她慣性地走到最後一排座位坐下，從被訓導主任叫上台之後，雲開總是習慣在人群中隱匿自己，久了便喜歡從遠處觀察人群。

車窗外樹影掠過，何處是歸處？

雲開在小方家附近的公園下車，卻沒有勇氣去按小方家的門鈴，這該是多麼丟臉的事情呢？她隱約感受到小方對她的情意，但是像她出身這樣的家庭，幸福又怎麼會降臨在她身上呢？

雲開坐在公園樹下，靜靜的夜裡，阿根廷良好的治安讓她一個正值青春的女孩也可以這樣安坐在公園裡面，即便無處可去，好像也不至於發生危險，但是這樣的日子還要持續多久呢？乍看之下，好像是因爲她選擇了一個外省男友，所以大家移民來這裡，但是雲開心裡很清楚，這不過只是大家找到的藉口罷了，面對即將出獄的父親，大家不知所措，因此以她做理由來了遙遠的南半球。

父親？是個多麼遙遠的形容詞，甚至連名詞都稱不上，卻影響自己至深，家人是不能選擇的，生活也是嗎？

抬起頭，天空中明明亮亮的南十字星，長柄所指引的是南方，往相反方向去，就可以回到她所熟悉的故鄉，大家都好嗎？她伸手向天空，只是夢一場，如何能夠觸摸到南十字星呢？即便抬頭就在眼前。

靜靜的淚水混合著冰冷的空氣滑落雲開的臉頰，當眞就要這樣犧牲一切留在這裡嗎？在一個極度陌生的環境裡重新再來嗎？重新審視自己的心情，最難過的到底是離開心愛的人？還是犧牲了自己也一樣要面對難堪的人生與家人？像今天晚上家人的爭執。

「雲開，」一個低沉的聲音從背後傳來，「妳眞的在這裡。」

雲開驚訝地回頭發現小方一臉憂慮地出現。

小方大她幾歲，國中畢業即隨同家人移民至阿根廷，聽他弟弟妹妹說，她是多年來小方唯一帶回家跟家人見面的女孩，當時雲開並未多想，天生遲鈍的感情神經讓她無法確認許多眼前的幸福。

初來到阿根廷，小方打工的旅行社負責移民案件，因此有了相識的機會，相仿的年紀加上雲開憂鬱的眼神與沉默的態度引起小方的注意，總是給予特別的關注，也經常帶著她四處參加他醫學院的聚會，認識許多阿根廷人。而雲開的鳳眼一直讓人誤以爲她來自日本，高䠷的身材又讓人以爲來自韓國，怎麼都好像聯想不到這個地球上還有一個地方叫做台灣，其實，他們稱之爲「福爾摩沙」。

「妳怎麼不來按電鈴呢？」小方遞給雲開一張面紙，把大衣披在她身上，「凍壞了吧？走吧，回家吧。」

雲開停在原地愣愣地看著他，眼前年輕男子自然說出家的字眼，對她卻是無字天書，家？家到底是什麼呢？

「我是說，回我家。」小方說著將雲開從草地上扶起來，幫她拍掉身上的枯葉，溫柔地牽起她冰冷的手，感受到她零點的溫度，小方不禁心痛起來，這樣年輕的雙十年華，爲何會有這麼多的哀傷與無奈呢？

雲開木然地隨著小方移動著，心裡覺得非常尷尬，怎麼這種落魄的樣子卻要被人看見呢？她不是一向都可以自己照顧自己嗎？再多的苦不也都撐過來了？當父親被視爲江洋大盜，全台大搜捕的時候，再多的難堪不也吞進肚子裡了嗎？面對母親與姊姊相擁而泣，她不就知道自己注定要孤單一生了嗎？即便有家人，也是同等沒有的嗎？但是自己下意識坐車到這裡，是不是也在潛意識裡面希望有人可以依靠跟照顧呢？雲開不敢再往下想，這是她所不能祈求跟奢望的人生呀。

「我……」雲開剛開口，小方便打斷她。

「一切，等到我家再說，這裡太冷了。」小方溫柔的笑容讓雲開更加手足無措，她不知道自己到底做錯什麼，怎麼一直給小方添麻煩呢？

回到小方家，小方的弟弟跟妹妹也坐在客廳，看見大哥把雲開帶回來，臉上明顯是鬆了一口氣的樣子，「雲開姊姊，」小方的妹妹開心地拉著雲開坐下來，「我們正在看錄影帶呢，一起看好嗎？我們有弄爆米花喔。」

雲開回頭看了小方一眼，只見他溫厚地微笑著，「這片子挺好的，妳如果不想看，就先去妹妹的房間睡覺，不然就跟大家一起看吧，或者妳想聊聊也是可以的。」

雲開安心地點點頭，「我在這裡就好了。」

小方沖了杯熱牛奶給她，「妳凍僵了，先暖個身子。」

妹妹也熱情地把身上的毛毯分一半給雲開，小方的弟弟則是激動地向她解釋前面的劇情，雲開一下子眼淚衝上眼眶，她哪裡會不明白這一定是小方出門尋她前已經交代過的不要多嘴只要溫情。

這不是她那個苦難的家庭應該有的情節嗎？這種同甘共苦，相依爲命，互相扶持的感情應該常常在自己家中上演，怎麼卻在這裡發生，而且是如此陌生的感動？她的家庭到底是怎麼了？

雲開再次回頭看了一眼小方，他正在撥電話，「傅媽媽，我是小方，不要擔心，雲開在我這裡，正跟我弟弟妹妹看錄影帶。不用了，不用了，不用過來了，讓雲開在這裡住一晚，明天看情形我們大家一起吃個飯吧，是啊，我弟弟也說很久沒見到您跟大姊還有小弟了。嗯，好，明天我再撥電話跟您約時間，好的，您不用擔心，晚安。」

雲開字句聽在耳裡，知道小方多用心在照顧自己，只是自己眞那麼有福氣嗎？或者這只是錯覺呢？自己如此複雜的家庭，是不是別沾惹上其他人比較好呢？學長來追求自己，不過就只是因爲他有位外省籍的父親，便要接受這樣的傷害，到底自己的家人跟所謂的省籍情結傷害的是誰？

台灣人的痛處，到底是誰造成的呢？人品的高下竟然只是跟出生地有關，所謂的是非黑白在這個小島上有了全新的詮釋。

一隻溫暖的大手突然摸了摸她的頭，「怎麼啦？小傢伙，這麼安靜？」Mr. Big Guy像父親又像情人的關心，讓雲開的淚水又差點衝上眼眶，這是她一直渴盼的關懷，可是怎麼從來不是自己的父親或是自己的丈夫呢？

雲開嚥下淚水，強拉思緒回到自己的座位上，輕輕嘆了口氣，「想到一些陳年往事，同樣的南十字星，卻已經是截然兩個世界了。」她抬起頭又看了一眼掛在天空中的南十字星座，眼前突然像是亮光一閃，偏頭痛便又悄悄侵襲著她的左側太陽穴。

「過去那些不好的經歷，是妳成長的因素，也是妳如此堅強的泉源，但是，就讓那些夢魘成爲過去吧。汲取它的養分成就妳自己，別讓負面的記憶影響妳一輩子。」

雲開靜靜地聽著，這並不是Mr. Big Guy第一次這樣告訴她，她不是不明白，但是自過去的夢魘解脫談何容易？

「所有的關鍵都存乎妳心而已，就像妳睡覺一定要鎖上所有的門鎖，一個人無法在安靜的環境下睡覺一樣，那些恐怖的經歷都已經過去了，相信我，那些事情不會重演的。」

Mr. Big Guy看著雲開修長而交纏的雙手，伸手卻驚訝地發現在這麼近乎三十度的海邊，雲開的手卻冰冰冷冷的。

他向來不願相信命運，卻又不得不接受宿命這回事，打從第一次因爲工作看見雲開，他就知道這輩子他們會有緊密的關聯，他不能確定會走到什麼地步，卻知道小傢伙永遠都會在他心底占著一個角落，讓他牽腸掛肚。

雲開握著Mr. Big Guy溫暖的手，幾乎就要這樣相信他了，但是要鼓起多大的勇氣才能夠完全改變自己呢？多少人可以面對全然的改變呢？左側的太陽穴漸行劇烈地鼓動起來，她略略閉上眼睛。

「妳的頭痛檢查得怎樣了呢？已經兩個月過去了吧？」Mr. Big Guy看見她突然閉上眼睛，關切地問著。

雲開張開眼睛，覺得心裡一陣翻騰，「不知道，之前做完MRI（核磁共振）之後，現在又要做電腦斷層。」

「做了嗎？」Mr. Big Guy很難理解有人可以忍受長期的頭痛，而且檢查進度這麼緩慢。

「大醫院就是這樣，總是要一步一步來。」雲開嘴上說著平淡，心裡當然也很不舒服，兩個月前她因爲已經每天頭痛連續一個月，因此決定去醫院檢查神經內科，可是從一開始先試藥，做腦波檢查，做核磁共振到現在已經超過兩個月，說心裡一點憂慮都沒有當然是假的，但是又能怎樣呢？

「有沒有想過去新加坡的醫院檢查？」

雲開想都沒想就搖頭，「台灣的醫學也相當進步，我在台灣看就好了，更何況搞不好就只是單純的偏頭痛。」她看見Mr. Big Guy質疑的眼光，只能老實說出心聲，「重點是哪有那麼多錢去新加坡檢查？你瘋啦！」假裝毫不在意地哈哈大笑。

「妳父親不知道妳生病嗎？」

「喔，我沒有告訴他，我想講了也沒有用吧，他也知道我有心律不整、僵直性脊椎炎啊，但是也沒有見過他有特殊反應，反正也是要自己去就醫。」雲開決定撒個小謊。

Mr. Big Guy自己是個愛孩子的人，著實無法理解爲何傅道可以讓自己的女兒對他如此沒有信心，「可是妳之前也有昏倒過，難道妳自己一點都不擔心嗎？我原本以爲妳只有心臟有點問題，怎麼連重要的腦部也可能有問題，妳卻一點也不在意呢？」

「誰說我不在意?!」雲開突然臉色一變，「但是有人關心嗎？我從小就是這樣，我要自己打理自己，沒有人管我，你知不知道上週我去檢查完等拿藥時，我戴著MP3耳機大大聲地放著〈望你早歸〉的音樂，我站在人群中排隊等著付錢等著拿藥，有人想過一個像我這種年紀的女子，卻站在那裡聽著古早的〈望你早歸〉其實心裡是多寂寞多無奈嗎？藍亭只要生病，我堂哥就去她家爲她診治，我父親只要去做個檢查，大醫院的院長也要出來招呼他，而我仍只是跟一般民眾一樣，任由醫生呼來喝去，一次又一次被叫去醫院試藥，想要多問一下問題好像也有困難，你有想過我有多無奈嗎？」

Mr. Big Guy有點驚訝地看著雲開，他從不曾看過雲開這樣失控的場面，他伸手按住雲開的肩膀，「小傢伙，妳怎麼啦？你應該知道我只是關心妳。」

雲開低下頭沒有說話，其實她自己也很驚訝，怎麼會情緒失控得這麼厲害？過去幾週以來，她常常覺得自己心頭總是無來由地緊繃起來，儘管如此她也總是可以控制住自己的情緒，何以今天在Mr. Big Guy面前卻失控？左側的頭痛越來越劇烈，完全沒有辦法低下頭，略微將頭抬起，又緊緊地閉上眼睛。

「我只是覺得妳應該爲了自己的健康利用一切可以運用的關係，妳明白我的意思嗎？」

Mr. Big Guy觀察著她的細微動作，仔細地挑選著自己的用字。

隨著雲開輕輕地點點頭，「我知道，我已經安排另外一位醫師來協助我了。」她喜愛的海鮮也逐漸端上桌面，兩個人也有默契地不再提起破壞用餐氣氛的話題。

用完餐，Mr. Big Guy送雲開回到飯店門口，摸摸雲開的臉頰，捏了捏她長期患有僵直性脊椎炎緊繃的頸肩肌肉，「不要多想，早點睡覺，不要開著電視，相信我，妳在這裡很安全。人生本來就有很多的問題，我們要專注的是當問題來時去面對跟解決，不是一味去製造問題，或揣測問題何時會來臨。」

雲開笑了笑對他點點頭，下車走進飯店，很清楚Mr. Big Guy對她的關切，從他身上，她學到了從未有人教導過她的，每次來到峇里島也總是讓她比較放鬆，但是她卻從未深究過爲何可以在這裡得到放鬆的心情。

然而Mr. Big Guy的碰觸總是帶給她觸電般的感覺，這是否象徵了強烈的暗示呢？但是可能嗎？

進到房間裡面，雲開照例又觀察了一遍是否有人動過她的物品，並且把被服務員擺回原位的貴妃椅推到落地窗前擋住門把，一再試驗不會被推開才安心地先吃止痛藥並且準備去洗澡。

儘管Mr. Big Guy一再提醒她，不要開著電視睡覺，可是雲開多年來的習慣卻是無法在全然靜謐的環境下入睡，過度安靜的環境會讓她連一根針掉到地上都可以清楚聽到而受驚，惶恐地以爲舊事又要重演。於是雲開總會在入睡前將電視打開，維持一定的音量陪伴著她，然而電視節目的聲音卻也矛盾地經常將她驚醒。

浴室裡面明亮的鏡子裡面反映著蒼白的容顏，隱約可見太陽穴持續地躍動著，雲開奢侈地倒進大把的芳香浴鹽，直到令人放鬆的馬鞭草香氣隨著熱水的霧氣漸漸瀰漫了整間浴室，才踏進浴缸裡面讓熱水浸潤全身，試圖藉此洗去一身的疲憊，抑或是一生的倦怠？雲開不禁對自己一陣苦笑，一個三十五歲女人該有的情慾她全都不能奢望，卻只能感受著如同老年黃昏的無奈與認命。

門外傳來一聲喀噠噪音，雲開全身立刻緊繃起來，像隻受驚的白兔豎起耳朵聆聽著，隨即又再次傳來輕微的碰撞聲音，讓雲開緊張地抓起浴巾匆忙抹過身子，倉卒穿上睡衣，原本劇烈的頭痛突然消失無影，全身的神經完全武裝起來，她緊握著浴室的門把，深深吸進一口氣，轉動門把偷偷地看向房間裡面，除了落地窗上傳來間歇性聲響搭配著電視影集的配音之外，房間裡面空無一人。

雲開緊緊抓著自己的睡衣領口，不知道自己該不該去檢查落地窗外面，環顧屋內沒有任何可以讓她當成防身武器的物品，雲開直直盯著落地窗的方向，間歇性的聲響依然持續著，難道就這樣相對到天明嗎？

一次更大的聲響讓雲開整個人跳了起來，緊抓著的衣領活似要窒息致死，如果請飯店的人來檢查會不會鬧笑話？在這一瞬間，雲開慣於公關顧問模式的思考一下子泉湧了出來，如果請大人物回來檢查，會不會讓他又太過擔心？或是覺得很不耐煩而失去了一個珍貴的朋友？

雲開沒有太多思考的時間，只能立刻關上房間的電燈總開關，讓房間陷入一片漆黑，觀望隔著窗簾的落地窗外是否有晃動的人影？然而，飯店圍牆旁的燈光微微地投射在窗簾上，實際上除了搖曳的樹影之外，是什麼也沒有的，但是沒有全然的確定，雲開無法釋懷，爲了預防萬一，她先打開房間的門，鼓起勇氣神經緊繃地走向落地窗前，其實只是短短的幾步路，她又再度感受到完全的無助與驚慌，怎麼總是不能有伴侶陪在人生路上，讓她永遠毋須自己去面對這莫大的驚恐呢？

雲開慢慢地掀開一點窗簾，再撥開一點，確認陽台上除了悠哉的休閒桌椅以及外牆上一塊裝飾木板鬆脫隨風拍打外，就只有屋內無法逃脫夢魘的小女人而已。

她抬頭看見那勾明月也在對自己搖頭，「他說得對，妳應該讓那些事情過去。」

雲開鬆了一口氣，淚水也不由自主地滑下臉龐，跌坐在地上就這麼沮喪而荒謬地哭了起來，原本突然喊出暫停似的頭痛也再次排山倒海而來，她緊緊地按著太陽穴，眼前影像隨著淚水與跳動的疼痛而晃動著。

※

一九八〇年二月二十八日，起義事件剛過兩個多月，母親陳玫突然去了學校，出現在教室門口的母親一臉憂慮，導師出去與母親短暫對話之後，神情灰敗地走回教室，同學面面相覷，望著雲開也是一臉不解，從事件發生後，雲開從未回家告訴過母親或姊姊，任何在學校發生的事情，因此母親幾乎不曾來過學校，這次突然前來兼著一臉的驚駭，讓雲開整個心頭也憂了起來。

「傅雲開，先把妳的書包整理一下，跟妳母親回去，母親幫妳請了幾天假。」導師說著。

「爲什麼？」有個同學忍不住好奇地問道。

「傅雲開家裡有點事情，所以需要請假幾天。」導師並沒有正面地回答問題，自從事件發生以來，全校對雲開的指指點點以及言語和身體上的攻擊行爲層出不窮，若非有導師堅持主張，在那個風聲鶴唳的年代仍有文人風範地告訴全班同學，傅雲開的父親並沒有做錯事情，只是這個年代下的犧牲品，大家仍然要對待傅雲開是同班的好同學，並且應該要保護好朋友的諸般相挺，雲開自己也不知道可以獨立支撐多久這樣深切的敵意。

雲開不知道到底發生何事，卻隱約可以感受到事情非比尋常，畢竟連事件發生的時候，母親也不曾要求雲開請假，何以事情過了兩個月，卻突然神色慌張地親自來請假，並且要立刻離開學校？種種疑問，雲開也只是安靜而迅速地整理好自己的東西隨同母親離開學校。

「媽，發生什麼事情？」一離開學校詭譎的氣氛，雲開立即發問。

陳玫臉色蒼白地告訴雲開，「妳父親的朋友，也是一起起義的老朋友，幾個小時以前，他的母親跟三個女兒都被殺了，其中只有一個女兒沒有當場死亡，現在正在醫院急救中。」

雲開愣愣地看著母親，並不是非常了解這背後的意義，但是母親沉痛的神情遠甚於聽到父親被捕的消息，「妳怎麼知道這件事情？」

母親搖搖頭，「就算執政黨再怎麼爛，其中還是會有幾個好人，有個不認識的人打電話到家裡來，簡短地告訴我那件謀殺案，說原本政府挑選了幾個對象，我們家也是其中之一，只因為妳父親是帶頭人，怕對我們家下手太過明顯，所以就挑了妳伯伯家人做警告的動作，那個人還說要我趕快把妳跟守禮接回家，鐵門也要下下來，幾天內都不要離開家門一步，以免有意外發生。」

十一歲的雲開腦中一片空白，這一切對她來說實在太複雜，父親原本只是個形容詞，現在卻帶來更多的連鎖反應，像個副詞用來修飾了那個遙遠而陌生的形容詞，「那姊姊呢？」

「她正在回家的路上。」守禮跟雲開之間相距了九歲，早已經是個懂事的年紀了。

兩個人騎機車回家的路上，不禁左顧右盼起來，母親的緊張可以想見，但雲開只是潛意識也看看四周有沒有陌生人在注意她們，其實她根本不清楚自己應該要留意什麼，生命就已經被牽引進複雜的權力鬥爭漩渦。

回到家沒多久，守禮也騎著單車回到家，家裡面愁雲密布，像是慣例一樣，母親跟姊姊又是相對垂淚，雲開依然待在自己的房間裡面試圖了解這一切到底是怎麼回事。

是夜，僅隔一條街道的警察局派員前來，在家裡一樓設置了一條直通該警察局的警鈴線。

「傅太太，上頭有交代，這樣比較安全。」高階警官意有所指地對陳玫交代，「裝了也好，大家都比較安心，有特殊狀況再使用，我們會在最短的時間內趕到。」

陳玫點點頭，儘管該名警官如此客氣，但實在無法確認對方的政治意向，也不必多言，所謂言多必失在嫁給傅道之後，陳玫有了徹底的了解，「我明白了，感謝您，有勞了，讓您這樣跑一趟。」

「應該的，上頭有交代，也是我們的職責，不用客氣。」

警官離去後，陳玫只簡單交代一句不要隨意碰觸到那個警鈴，以免警察常常跑來。年幼的雲開聽了也不以爲意，只想問問關於父親的事情，然而，父親跟他所做的事情，在家裡卻始終像是個禁忌的話題，雲開也只能從曖昧不明的隱約中去嘗試釐清一點點的眞相。

然而，恐懼的眞相卻在幾個月後的夜晚才來臨。

「我晚上要去喝喜酒，妳在家裡要聽守禮的話，把功課做完，知道嗎？我喝完喜酒就會回來了。」母親打扮妥當之後邊叮囑守禮兩姊妹，邊將一疊紙鈔放進紅包袋裡。

母親出身大戶人家，出手向來大方，雖然跟傳道私奔後在傳家過著辛苦的日子，許多年來已經疏於裝扮，但是此時裝扮起來仍可窺見母親年輕時的風韻與美麗。

送母親出門不多久，又見母親返轉回來。

「我想想還是帶妳們一起去吧，剛才出門眼皮跳個不停，心頭慌慌的，我紅包包得很大包，妳們一起去也不失禮。」陳玫無厘頭的話講完，催促兩姊妹趕快換上衣服一起出門。經過上次國民黨內某人的通風報信後，雲開與守禮結結實實地在家裡待了許多天都沒有離開家門一步，直到一週後才慢慢讓生活盡量回復到以往的步調。

陳玫一直以爲由於傳道是起義的領導人之一，也許對方投鼠忌器，反而可以保全自己這個淒涼無依的小家庭。

雲開吃了一頓愉快的喜酒，喝了許多汽水之後跟著母親姊姊快樂地坐著計程車返家，車剛停妥下車，一家三口人就傻在門口。

屋內微弱的燈光，看出裝飾著蕾絲門簾的玻璃大門內，有人用守禮的單車卡在門上，明顯是家裡遭小偷光顧過了，三人合力將門推開。母女三人擠成一團緊張地往屋內走去，那是陳玫的父親興建的透天厝，當年陳玫的父親白手起家，成爲東南亞的漁網大王，在高雄後火車站熱鬧的街市上買下一塊地，蓋了三間緊連的三層樓透天厝給以陳玫爲首的三姊妹，在七〇年代三間透天厝的建材均從海外進口是一大手筆，陳玫家也並不是第一次遭遇小偷光顧，但的確是較其餘兩姊妹的頻率為高，顯然這次又是她家雀屏中選。

屋子後門大開，樓上的燈光卻一片昏暗，陳玫正要去隔壁請妹夫過來查看，雲開卻飛快地跑到裝置警鈴的牆邊按下警鈴。

「不要按！」陳玫還來不及講完，雲開已經完成了動作，正回頭困惑地看著母親，「為什麼？上次那個警察不是說有特殊狀況就可以按警鈴通知他們嗎？」

「是沒錯，但這次並不是他們所謂的特殊狀況。」陳玫也不知道要怎麼跟雲開解釋，難道要明講說是有人要試圖謀殺她們時才可以按嗎？這樣的話對一個十一歲的小孩會造成多大的恐慌？

傅守禮在旁邊只是臉色發白地等待著，「現在我們等警察來嗎？站在這裡安全嗎？要不要在外面等比較好？」

陳玫點點頭，帶著兩個孩子走到騎樓下等待著，也到隔壁叫妹夫們出來。

「三姊，我上去看看好了。」五妹夫建議著。

「不要，等警察來啦。」陳玫制止他，「他們應該很快就到了。雲開，妳跟姊姊先去五姨家。」

「不要，我要在這裡。」雲開從小就沒有看熱鬧的習慣，只是單純地覺得應該一家人在一起。

警察在幾分鐘內配置著兩輛警車來到現場，上次的高級警官帶領著一群荷槍實彈的警員到場，高級警官一下車，一眼便可數齊陳玫家中三人，「妳，妳們全都在啊？」

陳玫有點尷尬地點點頭，「是啊，因爲我們剛才喝喜酒回來，發現家裡可能有小偷。」

警官哭笑不得地說著，「傅太太，妳應該知道這條警鈴線不是這樣使用的。」

「是我按的，上次不是說只要有特殊狀況就可以用嗎？我們家遭小偷了耶。」

「妹妹，這不是這樣用的，不是遭小偷時用的。」警官試圖想要解釋給雲開了解。

「不然是何時才可以用？」雲開不懂警官的重點在哪裡，窮追不捨地問著，爲何大家都說這是特殊狀況才能使用？而什麼才是特殊狀況？

警官跟陳玫面面相覷，警官最後無奈地笑笑，「沒關係，既然來了，我們就先去檢查看看小偷還在不在裡面，妳們進去過了嗎？」

陳玫點點頭，「只有進去一樓，確定後門被打開，但是二、三樓跟地下室還沒有去過。」

「好，那妳們在這裡等，我們上去檢查。」警官指揮調度，所有的警員分別到各處檢查，陳玫母女三人跟妹妹、妹夫們只是在原地焦慮等待。

過了十分鐘之後，警官來報整間房子目前看起來是安全的，並沒有可疑人物逗留現場，陳玫向警官致謝，「不好意思，勞煩你們了。」

警官也只是微笑，「沒關係，雖然是一場誤會，不過總是很高興並非發生我們所以爲的事情，大家平安就好了，妳檢查一下看掉了什麼，明天來警局備案。」

陳玫再三跟警官道謝，警官笑笑，回頭對雲開說道，「妹妹，下次不要亂按喔，這樣會嚇死人的。」

雲開還是一臉的疑惑，到底是什麼時候才可以按那個特殊的警鈴呢？雖然這個問題雲開並沒有問出口，但是也沒有想到答案會如此快就揭曉了。

所有的警員離去後，五妹夫意有所指地問著，「三姊，他們是怕發生那種事情嗎？」知道在孩子前不宜多談。

陳玫點點頭，「我先帶她們上去看看，明天再說吧。」

「三姊，要不要我們陪妳們上去？」

陳玫搖搖頭，「警察檢查過了，應該沒問題，時間也晚了，你們也早點回去睡吧。」

「姊夫做了那件事情，讓大家生活都更辛苦了。」另一位妹夫抱怨著。

「怎麼可以這麼說？他也是爲了台灣人做事情。」五妹夫爲陳玫跟傅道辯解著。

「他瀟灑去革命，結果讓我們大家跟著受苦，做生意也有阻礙，還要被人指指點點。」

「不要再說了，有小孩在這裡。」五妹夫希望把話題打住，一邊瞄著雲開兩姊妹。

雲開輪流看著大人們爲了自己的父親在爭論，她不知道父親到底爲台灣人做了什麼，但是她知道四姨父的意思，她是傳道的女兒理所當然要受苦，不管她的父親做了什麼，但是姨父是外人，卻要一起受苦，也難怪人家會怨嘆。

所有人離去後，陳玟仔細鎖上前後門的鎖，帶著兩個孩子上樓，看見樓上並不是被翻箱倒櫃得很厲害，也趕快返回自己的主臥室去檢查櫥櫃，發現所有值錢的東西都還在原位一點也沒有被移動過的樣子，心裡雖覺得有異，但仍只是擱在自己心頭並不多言，再次去到兩個孩子的房間，「有掉什麼東西嗎？」

守禮跟雲開都搖搖頭，「好像沒有掉東西耶。」

陳玟心裡更覺詭異，只是淡淡地說著，「既然沒有掉什麼東西，那就早點睡吧，明天起來我們再整理。」

經過這一番折騰也已經將近夜半，兩姊妹非常疲倦，也贊同母親的想法，換上睡衣準備睡覺。

雲開睡眼惺忪地走向自己的床鋪，掀開被子準備上床，卻赫然發現在她睡覺的位子上擺放著自己家裡那把生鏽的菜刀，她不禁失聲地尖叫。

這是雲開這輩子第一次尖叫，或許也會是最後一次尖叫，在這一刻，一個十一歲的小女孩終於徹底地了解到家裡那條警鈴線所適用的「特殊狀況」。

※

坐在峇里島Sanur知名飯店地板上頭痛欲裂的雲開，怎麼也跳脫不開這個悲情的夢魘，家人從不知道那一夜對她這一生造成了多大的影響，不知道她其實無法一人在夜晚的屋子裡面獨處，更不知道她無法獨自安然居住在超過小套房的空間，舉凡屋子裡面超過一個房間以上，雲開便無法相信屋子裡面只有自己一個人，即便睡在唯一的房間裡面，只要客廳有一點點的聲響，她便不停地懷疑有人從大門或從陽台闖入，需要一再地拿著球棒在僅僅十三坪的家中不斷巡視著，也僅有雲開曾經有過的伴侶才知道，在雲開的枕頭底下永遠都藏著一把銳利的水果刀，雖短小卻鋒利地足以輕易插進任何人的胸膛。

雲開不知道這樣的生活可以支撐多久，這般孤苦無依，彷彿舉目無親的人生到底要延續多久？

下個月就要開打離婚官司，已經分居五年的丈夫即將被傳喚到法庭，經過這麼多年的折磨，再見面會是什麼感覺？雲開完全沒有知覺，問她到底是所託非人，抑或是自己強韌的個性害了丈夫？雲開已經茫然了。

自己堅強的個性會對大多數的男人都造成莫大的壓力吧？這樣擱在半空中的婚約，讓雲開無力去尋找新的人生或依靠，但這樣出身的她，要怎樣的男人才能成爲足夠的依靠呢？

如果自己的父親都不曾想過要爲自己的孩子盡一分心力，或許是不知道要如何爲雲開這樣的女兒建構一條父女橋樑，她又能夠怨怪誰呢？在她的世界裡面，父親跟丈夫都是個形容詞，連名詞都稱不上，當她所認識的男性友人中如果有對家庭盡心盡力疼愛妻兒的，對她而言都是異數，但這種體認往往令雲開感到幽微心痛。

雲開從來不是女性主義的膜拜者，只是人生無奈，讓自己必須成就一切的可能性而無人可託付，如果有人可以要賴依靠，雲開能夠接受嗎？Mr. Big Guy的臉龐猛地閃進她的腦海裡，她從不敢想，對於命中注定沒有的事情，奢望只是痛苦的來源之一。

許久許久以前，雲開早就想通孤獨生活與獨立生活的不同處。

但是她可以面對幾次這樣驚慌失措的場面？一個人的勇氣與冷靜是永遠也用不完的嗎？訓練出來的是益發堅強還是消極的人生觀呢？雲開將前額抵在冰冷的地板上，但僅是這樣一個簡單的低頭動作，也讓她苦不堪言地又坐直身子。

桌上的手機突然響起收到簡訊的聲音，坐在地板上面忍不住淚水與疼痛的雲開搖搖晃晃地站起來，走到桌邊抓起手機，是Mr. Big Guy傳來的簡訊，只是簡單一句，「妳現在在做什麼？」讓雲開不禁慌了起來，一個朋友應該負擔多少她的問題？雲開漸漸地發現往往在她最需要關懷與提醒的時候，Mr. Big Guy的簡訊總會適時地出現，每次問他爲何總是在那麼奇特的時間想到要送簡訊給她，Mr. Big Guy總是笑說只要打開自己的心靈，就會讀取到許多奇妙的感應。

但是Mr. Big Guy善意的關懷是一回事，如果就此把自己沉重的包袱全數加諸在朋友身上是不是又太過利用對方來減壓？朋友間的相處到底應該是彼此分享還是有所保留才能細水長流？

「沒事。」雲開只是簡簡單單地回答兩個字，再多也寫不下了，一則手機的簡訊能夠負載多少的傷悲跟往事呢？她掙扎了一兩秒，還是將這樣違心之論的簡訊傳送出去。

雲開放下手機遊魂般地走進浴室，明亮大鏡子裡面反映著一張灰白的臉龐搭襯著紅腫的眼睛，手機簡訊又再度響起。

「準備睡覺了嗎？」Mr. Big Guy又問。

「嗯。」雲開還是簡單地回覆著。

雲開晃回床邊坐下來，仰躺著緊緊地閉上眼睛，頭裡面像是住了一群小黑人在她左側的頭裡瘋狂地打鼓。

Mr. Big Guy的簡訊幾乎讓雲開崩潰地心痛，「小傢伙，妳還好嗎？」

雲開盯著小小的手機螢幕半晌，淚水不由自主又滑下毫無血色的臉頰，好又怎樣？不好又怎樣？修長的手指緊緊地掐住手機，一隻手放在前額上毫無控制淚水的能力。自己的人生啊，除了自己，有人可以負擔嗎？

童年時曾經踐踏過她的，現在是如何地阿諛奉承？人情的冷暖她早已嘗盡，只是她最需要的父女之情與伴侶之緣卻一直遙遠而不可及。

「沒事，我沒事。」

「嗯，那妳早點睡覺，不要多想。」Mr. Big Guy最後的簡訊讓雲開再也忍不住地大哭起來，突然間非常想念在台灣的女兒——月明，當初為女兒取名如此，是因為鼓勵自己要「守得雲開見月明」，但守什麼又見得什麼呢？

她眞想逃離童年的夢魘，卻毫無能力，只能面對每一次的打擊試圖存活下去，因為她還有個稚齡的女兒，現在月明所經歷的，正是她自己童年所煎熬的，那樣渴望父親，奢望一個完整家庭卻不可得的空虛她太了解，自身的體驗讓她充分了解到自己對女兒所應該負起的責任跟義務，這條路無疑將是漫長的，在哭泣與劇烈的擂鼓中雲開漸漸地昏睡過去。

※

夢中，雲開來到一座不知名卻感覺熟悉的古城堡，雲開漫步在環繞著挑高四層樓的迴廊上，幽暗的燈光錯落在數十個房間門口，房門或開或闔，雲開從未看向房間裡面，也從未伸手開啓一直關閉的房門。

十多年來經常重複的夢境中，劇情最初她只是一個人走著，永遠都是這樣走著，走著，順著橢圓形的迴廊慢慢地走著，也總是在走到半途時，就會有一股不知名的緊繃感自背後推來，讓雲開不由自主地奔跑起來，一圈又一圈地跑著。古堡像個深不見底的井，無論往上或向下跑總是沒有盡頭。

每一次她都感受到有人在追逐她，持刀，於是雲開不停地跑著，跑著，昏黃的燈光像是成圈的光影，或開或闔的門像是鬼魅一樣地緊追著，身後傳來沉重的腳步聲跟喘息聲，雲開可以感覺到他越來越接近自己，在最後那刻回頭便會看見那男人高舉起刀就要往她胸膛刺下，然而男人總是無臉，使得夢境更顯詭譎，也總在刀要落下的那一刻便驚駭地醒來。

雲開猛然張開眼睛，心臟狂跳不止，這十幾年來重覆的夢境經常折磨著她。

空氣中除了怦然作響的心臟跳動聲，便是中央空調微微的聲音，雲開下意識地又仔細聆聽是否有其他聲響，確認一切似乎安全之後，翻個身將柔軟的被子拉到下顎處緊緊地縮在一起疲倦地又要入睡，然而她總是記得絕不會背對著門口或是落地窗睡覺，這已經是十一歲之後便養成的習慣。

雲開眼睛酸澀地想著，「有人可以忍受我這樣神經質的生活嗎？」隨著輕嘆的一口氣，朦朧地想著頭痛終於停了，雲開再次渾沌地入睡。

※

第二天早上，Mr. Big Guy神清氣爽來到飯店大廳入口處，遠遠地聽到一陣大提琴低沉悠揚的樂聲。

「這裡怎麼會在早上有大提琴的演奏呢?氣氛多不襯呢?而且是這麼哀傷的音樂。」Mr. Big Guy走著，邊覺得這樣的音樂似曾相識，好像曾經從何處遙遠地傳來呢?

猛地，Mr. Big Guy揚起頭來，想起是有次跟小傢伙在MSN上面語音連線時從她那邊傳來的音樂，當時她說這是她父親那個年代紀錄白色恐怖的音樂，對她是有著深刻意義的曲子。

高大英挺的Mr. Big Guy快步走到大廳，看見酒吧處有人三三兩兩難得地在早上就入座其中，而小舞台上的鋼琴旁，抱著大提琴正優雅演奏的，果然是他的小傢伙。他靜靜地站在入口處，望著台上的雲開，這是他第一次聽見雲開的音樂，想起這個曲子的故事，彷彿還能聽見雲開輕柔的嗓音娓娓訴說的歌詞——望你早歸。

每日思念你一人　昧得通相見

親像鴛鴦水鴨不時相隨　無疑會來拆分離
牛郎織女伊二人　每年有相會
怎樣你那一去全然無批　放捨阮孤單一個
若是黃昏月娘欲出來的時　加添阮心內悲哀
你欲加阮離開彼一日　也是月欲出來的時
阮只好來拜託月娘　替阮講給伊知
講阮每日悲傷流目屎　希望你早一日返來（注）

他幾次邀請雲開公開在小酒吧演奏大提琴都被她笑著拒絕了，何以卻在今天早上主動地在這裡公開表演呢？Mr. Big Guy靠在花檯邊，微笑地看著台上的雲開，伴隨著這樣深沉哀傷的音樂讓他不禁再次心動。

眼前的小傢伙總是滿腹心事，許多的憂鬱深不見底，但是人生一定要這樣過嗎？他最欣賞雲開的地方是她的堅強與獨立，Mr. Big Guy常常希望自己可以對她幫上忙，但往往卻使不上勁，反而因為雲開慣於懷疑多慮的習性而時有爭執，他曾經反問自己對小傢伙的感情歸類，卻難以回答，看著她此刻坐在台上，高眺的身材抱著大提琴，這樣的音樂，這樣的沉痛，一個小女孩可以背負多大的沉重包袱？

「是昨晚又發生什麼事情了嗎？」Mr. Big Guy太了解雲開習慣低調的生活模式，這樣公開或者只是因爲迫切需要音樂來治療她自己的傷痛呢？

相識已經一年，Mr. Big Guy看見雲開堅強的個性，做爲一個名人的子女，他不得不承認這是一個贏得旁人敬重的女性，在那樣艱困的時代下長大，卻顯得那麼開朗而健康，但是他也感受到小傢伙深藏的憂鬱，不過對於一個創作者來說，也許並不全然是一件壞事。

現在他必須面對的是漸漸萌生的情愫，他一直沒有對雲開表白，但是隨著每個月的接觸，他更加確定自己是愛上了這個小傢伙，也用了一段時間來確認自己的感情只是性還是愛。

畢竟，愛是那麼容易讓彼此受傷害，他只是積極地與小傢伙保持聯絡，也更加感受到她渴望被愛卻又對感情極度消沉的性情。

眼前沉醉在自己音樂中的雲開讓他有了更深的認知，她曾經淡淡地說過在那樣灰暗的歲月裡面，唯一讓她可以存活下去的就是藝術，到了此時此刻，他才完全了解雲開當時的意思。抱著琴的小傢伙臉上所散發的光芒是他所未曾見過的，「這孩子不該是走在商業路上的，這個方向再怎麼幹練也不是最終的歸屬，或許要專心在藝術路上才是最後的幸福吧，但是有誰可以照顧她的生活呢？她又願意讓人家幫忙到什麼地步呢？」Mr. Big Guy思索至此不禁低嘆，自己又可以幫到什麼忙呢？

Mr. Big Guy的眼睛隨著雲開的每一個動作，性感的大提琴對應著雲開纖細的手臂像是非常吃力的體積，她卻用著極爲愛撫般的神情以雙膝夾著琴，運用琴弓跟用手指滑過琴弦，Mr. Big Guy心裡震了一下，連同生理也產生了一些反應。

台上的雲開專心地拉著琴，毫不在意台下有多少人，也不在意有沒有人聽過這首曲子，悲傷的歌詞逐字逐句隨著每一個音符滑過她疲憊的心靈。

一早，雲開紅腫著雙眼醒來，一夜的夢魘讓她心情跌至谷底，服下早晨控制頭痛的藥品，但是她需要更多更強烈的東西來安撫自己緊繃的情緒。

她遊魂似地來到大廳酒吧，看見鋼琴旁邊依靠著大提琴盒，她走進酒吧裡面，問酒保是否可以使用大提琴，峇里島的人通常都會在棕色的臉上露出大大的笑容回應你所有的問題。酒保笑著點點頭，「您要在這裡演奏給我們大家聽喔？大提琴手已經很久沒來了，不知道這把琴還能不能用喔。」

雲開笑著點點頭，「只要四條弦跟弓都還在就可以用了。」她小心地把琴從琴盒裡面取出來，那是把漂亮的大提琴，也正好是她喜歡的深色德國琴，她調整一下音準便坐在小舞台上，想也不想地便拉起她最喜愛的〈望你早歸〉。

這是雲開治療自己的方式，從小凡遇悲傷的處境，總是拿大量的書籍閱讀與音樂或欣賞戲劇表演來平衡自己的心情。童年學習鋼琴，求學時代學習長笛，只有大提琴一直是她的最愛，卻在過了而立之年才讓這個童年夢想成眞。

雲開這輩子都不會忘記第一次拉琴的震撼與感動，雖然只是單調的長弓練習，那心頭似要滿溢出來的感動，原來這就是幸福！到了三十五歲才第一次明白何謂幸福。第一次上完提琴課，毫不猶豫地便撥了越洋電話給Mr. Big Guy，興奮地告訴他終於了解幸福的感受，而電話那頭的人也感染了雲開亢奮的情緒跟著快樂起來，這種共同分享快樂的情緒也是雲開此生首次的經驗。

一曲結束，另一曲又起，雲開沉溺在自己的音樂裡頭，奢侈地在異鄉裡面藉著音樂來抒發自己的情緒，幾首曲子過去，雲開心滿意足地放下琴弓，台下的聽眾紛紛給予熱烈的掌聲，頻頻要求安可曲，以爲她眞是飯店聘用的提琴手，雲開只是笑著朝大家點點頭，細心地拭去弦上的松香，鬆開弓毛，溫柔地將琴放進琴盒裡面，走過去向酒保道謝。

「謝謝您讓我使用提琴，音色還是很好喔。」雲開溫柔地說著，覺得可以在最喜歡的異鄉找到最喜愛的樂器眞是一件很幸福的際遇。

「美麗的小姐，您演奏得很棒呢，我們從未聽過那樣的曲子，是您的國家的音樂嗎？」

雲開點點頭，「是啊，是我們國家的民謠。」

「雖然聽起來很悲傷，但是跟大提琴的音色很相配呢，眞好聽。」酒保用力地點頭對雲開笑著。

她笑著點點頭，轉身想要回房間，卻看見Mr. Big Guy站在花檯處微笑地注視著雲開，被熟人撞見自己演奏大提琴讓她很不自在，「你來了。」

「是啊，正好趕上，呵呵。」Mr. Big Guy笑著說道，望著眼前羞怯的女孩跟嘴唇的線條突然讓他看得癡了。

雲開抬頭看見他迷離的眼神，突然也是一陣驚慌，「不要用那種眼神看我。」

Mr. Big Guy哈哈大笑，「那就不要做那種表情出來引誘人呀。」看著雲開的臉頰泛起潮紅讓他笑得更洪亮。

上了他的吉普車之後，他又說道，「妳演奏得很好呀，應該讓別人一起分享妳的音樂。」

雲開並沒有回應這句話，因爲不知道該怎麼主動告知昨晚發生的狀況，或者還是不說比較好。

「昨晚睡得好嗎？」Mr. Big Guy體貼地又問，讓雲開更加不知所措，「今天早上還有頭痛嗎？」

Mr. Big Guy看她不回應，只是淡淡地說著，「妳有宗教信仰嗎？」

雲開搖搖頭，她並不是無神論者，只是當年發生事情的時候，她孤獨站在升旗台上被羞辱的時候，絲毫不覺得滿天神佛有誰幫助過她，因此一直以來她只相信凡事都要靠自己才是最眞實可靠的，久了也就沒有了宗教信仰。

「妳應該要經常嘗試去禱告，」Mr. Big Guy慢條斯理地說著，「禱告並不是向上帝或是佛祖要求東西，我禱告只是爲了尋求身心靈的平衡而已，這是很重要的。」

Mr. Big Guy穩定而合理的語氣打動了雲開固執已久的心態，但是她仍然保持沉默，其實她非常喜歡聽Mr. Big Guy告訴她一些人生的經歷與道理，這原本應該是父親的角色，但是他卻也具有同樣的效果。

「每次我禱告的時候，都只是向我心裡的神致謝，感謝祂讓我在遭遇問題時並沒有做出愚蠢的決定，並且向祂祈求讓我在未來遭遇問題時，可以繼續清楚地看到問題的本質，而不會做出愚蠢的行爲。」

雲開安靜地聽著。

「對我而言，禱告最大的作用在於打開你的心靈，」他側頭看了一眼身旁沉靜的小傢伙，「打開心靈自然就會聽見很多別人所聽不見的，感應到很多別人所感應不到的。」Mr. Big Guy講到這裡又停了停，似乎在思索著要怎麼措辭才不會因爲雙方都非使用母語而造成誤解，「記得妳常常問我，爲什麼我總是在妳最需要朋友的時候，我就會送簡訊給妳，或是爲什麼妳正好想到我要跟我連絡的時候，我的簡訊就是恰好出現？」Mr. Big Guy笑了笑，「這其實就是因爲我有打開我的心靈去聆聽心中的聲音，所以我感應到妳的需要。」

雲開驚訝地看著他，她知道Mr. Big Guy有很強的第六感，但卻未想過是因爲這樣的緣故，心裡奇妙地就這樣接受了對方的說法。

「我並不是無神論者，」車內又沉默了半晌，雲開思考了一會兒才回應著他，「只是當我遭遇許多挫折的時候，也是我自己一個人去面對，於是我會覺得除了我自己，是沒有人可以相信的。」

Mr. Big Guy平穩地駕著車子往目的地持續前進，「這不是相信的問題，而是打開心靈的問題，妳是個創作人，具備有更開闊的心靈感應對妳很有幫助，也可以讓妳得到身心靈的平靜。」

雲開很感謝Mr. Big Guy這樣用心地照顧她，突然間，許多的哀傷與不平衡全都湧泉般噴灑出來，「許多的埋怨與恨，也可以藉由禱告而平撫嗎？」

Mr. Big Guy略爲停頓之後，還是點頭，「原則上，是的。」他的訝異來自於雲開從未這樣明白表示過心中有怨恨，即便他知道那應該是一直存在的。

「禱告並不能求得眞實的事物，卻能平衡妳的心靈感受，我會說那是一種氣與能量的交互作用。」Mr. Big Guy語氣平和地告訴雲開。

「我覺得無比的孤單，覺得父親無情，覺得自己這輩子都不會有人照顧我，覺得這輩子我都必須孤獨終老，覺得每一件事情都必須由我自己做決定，沒有人可以幫我，這樣藉由禱告也會獲得平衡嗎？」雲開壓抑著淚水輕聲問道。

Mr. Big Guy沉吟著，「小傢伙，每個人都是孤獨地來到這個世界，每個人也都是獨立的個體，妳經過婚姻的痛苦，倘若妳有機會，眞的還會想要再次結婚嗎？」

「我有月明，所以我想我不會再結婚了，只是不能平衡爲何我總是得一個人面對所有的問題呢？爲什麼我就是不能有一個好男人可以依靠呢？」

「每個人都應該要獨立做決定，不是嗎？」Mr. Big Guy靜靜地說著，「我也都是一個人面對問題啊。」

雲開困惑地看著他，「但你是男人啊。」望著Mr. Big Guy的臉，突然像是又有閃光燈刺痛著雲開的眼睛，頭痛隨即又翩然降臨。

Mr. Big Guy笑了，「男人是人，女人也是人，妳覺得男人就一定比較強嗎？爲什麼男女不能平等地面對這個社會跟世界呢？爲什麼不能拋開這種世俗的想法，讓自己站在一個平衡點上？」他轉頭看著雲開困惑的臉龐，「妳一直都非常堅強，我知道妳也會有承受不住的時候，這都無可厚非，但是妳要讓自己明白，人生本來就很艱苦，也只有自己能夠承受，妳的宿命如此，就是要自己面對。至於好男人，什麼又叫做好男人呢？像妳這樣自給自足不好嗎？不要陷入這個世俗的傳統價值裡面，這樣會讓我很失望喔，妳也從第一次的婚姻中證實了妳並不適合傳統價值，不是嗎？」

雲開明白Mr. Big Guy的意思，只是仍不免覺得自己是屬於命苦的那群人，「像你這種想法的人並不多吧？大多數的人都認爲男人應該要比較堅強。」左側惱人的頭痛又開始慢慢地挺進。

Mr. Big Guy呵呵地笑了，「問題是男人往往都不夠堅強，女人經常做出如是的期待，因此才會衍生出那麼多的問題。」

雲開沉默半晌，「像我身邊的男人，我的丈夫跟我的父親，往往都不能面對現實生活中的問題，僞裝永遠都是比較容易解決的方案。」

「妳的父親，」Mr. Big Guy沉默了幾秒鐘，像是在思考要怎麼往下講，「在某些方面或許很有成就，不過似乎不是個好父親，他或許也沒有機會學習當一個好父親，妳從來都沒有跟他談過妳也需要他的關心跟協助嗎？即便我認爲每個人都應該要解決自己的問題，但父母跟子女之間的關係又應該要另當別論的。」

「他是個好父親啊，」雲開苦苦地笑了，忍不住伸手壓住左邊的太陽穴，「對他的新家庭非常照顧，只是不知道如何照顧我們而已。」

「妳還是不能從銀行申請貸款嗎？」Mr. Big Guy轉換著話題，然而不管詢問什麼問題，總是保持著平靜的語氣，好像只是在講一件小事情，但是他的眼神明顯憂慮地注視著雲開壓著太陽穴的手，「又開始頭痛了嗎？」

雲開先點點頭，又搖搖頭，「最近每天都痛，也習慣了，銀行說我得要先解決我做母親保證人的問題，不過她被倒的債務實在太大了，沒有那麼容易解決。」

雲開搖搖頭笑了笑，「說來也好笑，債主現在窮途潦倒，結果向人家借錢的人，因爲攀龍附鳳，隨著政治潮流卻攀上了另一個高峰，這個世界好像已經失去了平衡。」似乎連簡單的搖頭動作，都讓她無法忍受。

「如果對方是個名人，總有辦法可以解決。」Mr. Big Guy搞不懂台灣人的想法。

「是啊，通常如果是名人也許比較容易搞定，但是如果跟當權者扯上一些關係，反而就會變成對方的護身符。」雲開知道對方聽不懂，於是只好進一步說明，「當年這個人也對我們家庭諸多照顧，他經營公司常常來向我母親借貸，支付我們利息，也成爲生活費的一部分，可是隨著幾次的借貸，金額越來越大，最後我母親用外祖父給她的房子去貸了一千多萬台幣借他，對方所支應的利息一大部分是要付給銀行貸款，剩餘只有極少的成數是我母親賺到的利息錢。過了沒多久，他就跳票了，我母親當然也無法支付這些龐大的貸款。」

「可是妳曾經提過妳的外祖父家境富裕，當年是東南亞的漁網大王不是?」

雲開很訝異Mr. Big Guy記得她講的每一件事情，記得當時講這件事情，是大家初初合作廣告案的時候。「是啊，我外祖父當年白手起家，的確是成爲東南亞的漁網大王，後來他突然心臟病發作，他的過世出乎大家的意料之外，因爲他的身體一直很好，每週都固定時間去打高爾夫球，誰也料不到有一天打完球回到家，他說有點暈眩，想要休息一下，這樣一躺就再也沒有起來過。我大舅舅從日本緊急回來接掌公司，起初也經營得很好，甚至還擴充了規模。」

Mr. Big Guy挑挑眉等待著雲開的故事，「結果有一天所有的銀行找了理由把貸款全數追回，我想沒有一家企業受得了這樣的銀根收縮。」

「銀行用什麼理由呢？」

雲開苦笑了笑，將頭深深地靠在椅背上，試圖尋找一個可以減緩疼痛的位置，「那還是個戒嚴的時代，一切都不是那麼自由民主，政府的威權是很驚人的。有一天在議會裡面，當時的市長當著所有議員的面前坦承，是政府要求銀行收回貸款，他的理由是因爲現任董事長的姊夫是傅道，如果他的公司賺錢，就會把錢拿去支持黨外的叛亂，就這樣，東南亞的漁網大王倒了。」

「政治就是這樣，不是嗎？」

「大舅舅從此一直鬱鬱寡歡，前兩年也罹患肝癌過世了。」雲開悶悶地說著。

車內沉默了幾秒鐘，「向我母親借錢的那個人，聽說當年到處投資政客，所以很多人都拿過他的錢，或者應該說也拿過我母親的錢，所謂吃人嘴軟，拿人手短，現在哪有人敢干涉這件事情。」

Mr. Big Guy沉吟了一會兒，「妳父親也不能出面嗎？」

雲開突然大笑了，「你在開玩笑吧？我父親恨死我母親了，他哪會出面？」可是這樣的動作震動著她無法平靜的太陽穴，她忍不住將臉埋入手心裡面。

「哪來這麼多的仇恨呢？不都是走過苦難的人嗎？」Mr. Big Guy一邊說著，一邊憂慮地將車子停在路邊，將她拉近身邊，「過來，我幫妳按摩一下。」

雲開抬起頭來苦苦地笑了，「我想每個人都很容易把自己所受的苦難擴張到無限大吧？對人也就更加挑剔起來。」

Mr. Big Guy低下頭看看雲開，想不到她這麼早就了悟這個道理，伸出修長的手指壓著雲開的眉頭。

這樣近距離的碰觸對雲開而言有點震撼，她索性閉上眼睛，至少不用面對跟Mr. Big Guy咫尺之距的尷尬，然而她依舊可以清楚感受到對方的男性氣息吹拂在她臉上。

「當年他們的離婚對我是個謎，我不知道眞相，或許也是我自己不想知道，知道了又有什麼意義呢？我們都是大時代下的悲劇，不是嗎？可以相守相惜是一種幸福跟運氣，如果因爲大時代而犧牲了，也應該要相互尊重，可是卻不是這麼回事。」雲開皺著眉頭忍受穴位按摩的疼痛，一邊低聲說著，「你怎麼知道這些穴道按摩的事情？」

Mr. Big Guy只是聳聳肩笑了，他只是碰巧知道這些養生方法，同時希望減緩小傢伙的疼痛，又忍不住想要碰觸她罷了，他當然不會把這些男性赤裸裸的渴望坦白告知。

「我二十一歲時，我父親第二次出獄，一晚，我們約在一家西餐廳，我跟守禮特地挑了一家我們從未去過的餐廳，也確定以後絕不會再去的餐廳。當晚，整間餐廳只有四桌人，一桌是我們姊妹跟我父親，一桌是我跟守禮的朋友共兩人，一桌是父親的女友獨坐，另外一桌是兩個人的特務，不知道是誰就這樣包下了整間餐廳。」

Mr. Big Guy保持著沉默，只是用心地按摩著雲開的頭部跟手心虎口，享受著碰觸的私密感覺。

「那天我父親說，『妳們不知道我在裡面過著的是怎樣痛苦的日子，妳們應該要體諒我的心情。』」雲開盡力維持著平淡的語氣，「我當時注視著我的父親，我不知道為何他只想到他自己，於是我告訴他，『你在裡面的確是過著很痛苦的日子，你所面對的是獨囚的孤單與寂寞，永遠只能對著一堵牆無人可講話，但是你知道我們在外面過著的，是比你更痛苦的日子嗎？你在裡面只是無人可以講話，你知道我們在外面卻要面對社會大眾的指責嗎？你知道我們又遭遇到怎樣的無情殘忍對待嗎？』我父親聽完就落淚了，只是指責我伶牙俐齒。」

雲開再次苦笑，「每個人真的都很容易無限擴大自己的悲傷，而把別人的痛苦視若無睹。」

Mr. Big Guy停下手注視著她，「有沒有好一點？如果妳父親不願意出面處理這件事情，也許妳也可以借用他的名義出面來處理。」把話題帶回財務狀況上。

雲開也只是聳聳肩，「也許吧。」她心裡想著，很難讓他了解她與傳道間的情結吧，「好多了，謝謝。」經過簡單的按摩，原本緊繃的頭部也鬆懈了下來，暫時舒緩了擂鼓般的刺激。

「妳接的公關案金額都很大，如果不能解決妳母親的問題，這樣的確很辛苦，妳父親真的都不能幫妳嗎？如果他真的恨妳母親也就罷了，對自己的女兒也不管嗎？還是妳從來都沒有對他提出過要求？」Mr. Big Guy不捨地放開小傢伙的手，繼續將吉普車開回車道上向著目的地前進，將話題繞回財務問題上。

雲開沉默了，不知道該如何回答這樣的問題，「他能力也有限吧。」除此之外，又該怎麼回答呢？正所謂家醜不可外揚吧。

Mr. Big Guy只是笑笑不予置評，「也許我可以專案投資妳喔。」

雲開驚訝地看著Mr. Big Guy，他們之間從來不涉及這樣的金錢關係，突然覺得自己非常丟臉，竟然會讓人家覺得自己需要這樣的幫助，說穿了會有人相信嗎？傳道的女兒，有自己的事業，卻需要別人的幫助？

Mr. Big Guy轉頭看了她一眼，可以輕易地推斷出來雲開此刻的想法，「不過妳得要給我好條件喔，包括可以分享到多少紅利之類的。」

雲開感激地笑了，「好啊。」儘管可能只是玩笑話，不過雲開真心感激有人這樣主動伸出援手，只是這個人不是應該是自己的父親或丈夫嗎？怎麼從來都不是呢？

「今天我們去哪裡呢？」雲開問著，每次來峇里島總是很擔心自己會耽誤了Mr. Big Guy寶貴的時間，想到他這麼有名氣，卻還要浪費時間陪她找尋一些貿易的小東西，更加讓她過意不去，況且她總是一身病痛，似乎一直讓他很掛心，使雲開一直放不開心懷，只好一直忙著工作，卻讓對方誤以為她是個工作狂。

「帶妳去看看一個地方，妳這次來要處理的公事不是已經都處理完了嗎？也許妳的頭痛是因為壓力太大，去玩玩吧。」

「是啊，只是擔心浪費你的時間。」雲開還是把心中的憂慮講出來。

「小傢伙，妳知道妳常常都想太多嗎？」他又伸過修長的手，用指背撫過雲開的臉，「或許我也需要休假啊，不過那個地方有點遠，而且有點冷喔。」

對於Mr. Big Guy有意無意間的觸摸，雲開開始臉紅心跳起來，望著Mr. Big Guy回望她深邃的眼神，她趕緊別過頭去，只聽見他再次哈哈大笑。

一個小時後，Mr. Big Guy開著車子經過烏布區往山上前進，沿途Mr. Big Guy細心地介紹著景觀。

「這裡有很出名的猴子森林，等一下妳就會看到路旁都是成群的猴子。」說著便來到了Mr. Big Guy所說的地方，路旁石礅跟樹木上面果然有成群可愛的猴子。

隨著搖下的車窗，雲開明顯感受到此地的寒意，「這裡的溫度好低喔。」雲開驚訝地回頭對Mr. Big Guy說道，怎麼也不能相信酷熱的峇里島也有台北的冬天。

「是啊，讓妳見識一下不同的峇里島風情。」Mr. Big Guy心情愉快地哼起歌，關閉車內的空調，將車窗全都降下享受著自然的冷風。

這座山上的村落非常安靜，典型的峇里島建築，白色的圍牆，錯落的房子有著相似的宗教意涵大門，偶爾點綴著幾幢擁有大庭院的villa，與市區不同的是不見有私人游泳池，或許是因爲這個地區終年低溫所致吧。車行蜿蜒，雲開有一種莫名的寧靜，似乎昨晚的恐懼已經早就煙消雲散，突然雲開注意到沿著猴子森林的道路旁邊是一大片的湖泊。

「這個村莊有三座湖泊，三座湖泊緊密相連，若有似無的山脈似斷非斷地阻隔著三座湖泊，又像是相連成一個巨大的湖泊。」Mr. Big Guy指著眼前的湖泊跟青翠的山脈所形成的自然景觀，「要下車去走走嗎？」

雲開點點頭，下車跟著Mr. Big Guy的步伐向著蜿蜒的小路前進。

「要走一段路，妳可以嗎？」Mr. Big Guy體貼地問著。

雲開點點頭，她不知道爲何Mr. Big Guy好像總把她當成弱不禁風似的小女人般照顧，一直以來，雲開總給人強悍作風的印象，工作上如此，生活上堅強如此，遇到挫折亦然，把她當成女人般照顧這倒是小方之後第一遭。

「或許是因爲自己曾經在他面前昏倒過吧。」雲開尷尬地想著，前次來工作時，因爲心臟不舒服喘不過氣來而昏倒，讓Mr. Big Guy吃了一驚，到現在回想起來都還覺得很不好意思。

兩個人沿著森林小徑前行，空氣冷冽帶著鄉村乾淨的味道，日正當中則顯得寒意稍減。雲開心情平和地隨著Mr. Big Guy的玩笑話回應著，穿過重重樹影來到湖泊旁邊。

眼前湖光山色，她回頭看了山邊一幢幢的villa，這種似曾相識的感覺讓雲開情不自禁地倒抽了一口涼氣，她愣愣地看著眼前湖泊中的山脈倒影，一時之間說不出話來。

「喜歡嗎？怎麼突然這麼安靜？走太累了？或是太冷了？還是又開始頭痛了？」Mr. Big Guy低頭看著雲開發愣的表情好奇地問著。

「這裡是哪裡？」雲開吶吶地問著。

「峇里島中部，Bedugul，怎麼啦？」

雲開轉頭環顧著四周的景色，眼睛難掩興奮之色，「這裡跟我的夢土好相似。」

Mr. Big Guy挑挑眉看著雲開，「妳喜歡這樣的地方？嗯，我一直以爲妳只喜歡待在都市中。」

雲開也不管他說些什麼，只是自顧自地往下說，「我結婚之後沒多久，就有了一個夢想，夢想中我住在靠山的木屋中，遠眺可以看見湖泊或是海，山裡溫度很低，夏天時，我可以住在那裡寫作，冬天太冷，可以到另外的地方去潛水；在那裡我可以有著簡單卻豐富的生活方式，而且抬頭一定會有南十字星座。」

Mr. Big Guy微笑地看著她，「嗯，」沉吟半晌玩笑地說著，「妳有這個夢想的時候，妳的婚姻已經出現問題了嗎？」

雲開驚訝地看著Mr. Big Guy犀利的聯想。

「因爲妳的夢想裡面聽來並沒有男人或其他家人在妳身邊。」Mr. Big Guy保持著微笑。

雲開點點頭，「嗯，我想我會孤獨終老吧。」雲開不想讓Mr. Big Guy覺得她又胡思亂想，便把話題帶回愉快的層面，「不過這個夢想已經沉寂很久了，一直想要離開台灣，卻又有個女兒需要多思考一下，原本以爲大概是要搬到阿根廷了，可是那麼遠，怎麼讓女兒也跟著去，是不是個好主意等等。」

Mr. Big Guy認眞地看著她，「這裡只要七萬美金大概就可以擁有讓妳滿足的房子了，不過，這裡很偏僻喔，妳一直是那麼都會的人，能適應嗎？」

「呵呵，我一直打算要四十五歲退休，留下最後十年專心當一個作家，寫一些好東西留下來，所以你看見我現在這麼拚命工作賺錢，因爲當作家會餓死，而且我還有女兒要養。」

「最後十年？」Mr. Big Guy以爲自己誤解了雲開的英語。

「是啊，我覺得我不是長壽型的那種人，我大概只能活到五十五歲，所以我要留下最後十年來專心做我最想做的事情。」雲開很認眞地說著。

Mr. Big Guy哈哈大笑，「妳爲什麼總是要胡思亂想呢？」覺得眼前的小女孩又好氣又好笑。

「嘿，」雲開仍然是非常的認眞，「如果我認爲自己只能活到五十五歲，從另外一個角度來看，我也會非常認眞地看待我的人生，並且努力達成目標，有什麼不好？」

「嗯，這麼說也是有道理，那就趕快準備七萬美金，就可以搬來這裡住，離台灣也不過五小時航程，隨時都可以回去看望家人，或者使用視訊系統，每天都可以遙控妳的公司進度。」

雲開認眞地思考著各種可能性，突然間覺得人生又到了另外一個轉折點，而這次也許是個良性的轉折。

「不過，這種地方一定會有蛇的喔，妳不是很怕蛇嗎？」Mr. Big Guy笑著斜睨雲開。

「是啊，要解決這個問題才是。」

Mr. Big Guy一臉認眞地說著，「在屋子外面立個警示牌，寫『蛇類勿入』就可以了。」

雲開聞言不禁哈哈大笑。

Mr. Big Guy也一本正經地問著，「小傢伙，妳爲什麼這麼怕蛇？爲什麼總是有那麼多的恐懼？」

雲開沒有意料到他會問這樣的問題，停頓了好一會兒，「我也不知道，或許是跟我幾十年來不斷重複的其中一個夢境有關吧，我總是重複著兩個夢。」

Mr. Big Guy挑挑眉示意雲開繼續往下講。

雲開的眼神迷離了起來，像是跌入了遙不可及的夢境，連聲音也飄遠了：

「我總是看見自己在深夜裡，獨自待在陰暗的荒野中，眼前是一堆巨大的營火，燃燒著熊熊的火焰，但是我無法動彈，因爲成千上萬條蛇或立或盤地包圍著我跟營火，我手無寸鐵，只能驚恐地看著成群的蛇，然後我發現有許多人圍著這些蛇群跟我和營火，火光隨風搖曳著，光線落在這群人臉上，他們並沒有一絲意願要解救我，他們只是冷冷地望著我，就像那群蛇一樣地凝視著我，他們全都只是站在那裡，像在看戲一樣地等待結局，忽然間，我發現我父親竟然也在其中，我注視著他，他卻也只是回望著我，面無表情，跟其他人一樣在等待著我的結局，像個陌生人。」

雲開說完之後，靜默了好一會兒，不知道自己應該還要說什麼來解釋自己對蛇的心結。

半晌，Mr. Big Guy低沉的嗓音緩緩地傳進雲開的心裡，「我覺得妳最大的心結是妳的父親，並不是那些蛇。」

他靜待著雲開的反應，但雲開只是不動地站在原地，他凝視著雲開的側臉，堅挺的鼻樑，小巧的耳朵，長髮垂至下背處，髮尾經過造型而美麗地纏綣著，望著她緊咬的嘴唇，一雙纖細的手臂緊緊地交叉環抱著胸前，忍不住地心動著，「妳最大的傷痛是因爲妳覺得自己孤單無依，希望父親可以救妳離開困境，以前也許是社會的歧視與壓力，後來也許是妳的婚姻，妳希望他做爲長者拉妳一把，不要總是獨自面對困境與壓力。」

雲開眼眶不由自主地熱了起來，她咬著嘴唇像座雕像，唯恐一點點的震動，眼淚就會不爭氣地掉下來。

「但是妳什麼時候才願意讓這些事情走入歷史呢？」Mr. Big Guy謹慎地選擇著字眼，唯恐再次傷害了雲開，「我知道我沒有資格評論妳，但是我眞的必須要說，我一直都很欣賞妳，妳的堅強跟獨立讓我不由得佩服。當我知道妳父親在那個時代做了那樣的事情，我可以想見妳跟妳的家人要面對怎樣的生活處境。妳看，妳的堅強讓妳活得這麼好，妳成長爲一個隨時綻放光芒的女性，妳總是很容易就吸引了別人的目光，妳的姊姊或許因爲不夠堅強，現在病了，妳呢？妳繼續活著，抬頭挺胸著，眼裡經常流露出笑看世事的不屑，這是妳的魅力。朋友們喜歡妳是因爲妳，是因爲妳總是獨自面對所有的難關跟問題，在眾人面前展現了無比的堅韌與勇氣，難道妳以爲大家喜歡妳是因爲妳父親嗎？」

雲開緊緊地咬著嘴唇，似乎再多一分的力氣就要流出鮮紅的血。

「妳跟父親間從未一起生活過，妳應該要清楚地告訴妳的父親，妳需要他的關心，也許妳們之間有修補隔閡的機會卻錯過了，也許妳們之間就是永遠會有一道難以跨過的鴻溝，如果是這樣，另外一種想法是，妳的父親只是被選擇成為妳的父親，是無意間的，妳為什麼不能就當做妳沒有父親呢？沒有期待，就沒有失望，許多事情是無法改變的，妳有時候太和善，有時候也太死心眼，妳可以放棄妳的婚姻，為何不能放棄妳對父親的幻想？」

雲開的眼淚再也忍不住地自眼眶跌落，像一串斷了線的珍珠，從緊綳的線上灑落。是的，只是幻想，對於父親，她所有的只是幻想，幻想著她童年時沒有一個父親在身旁，父親出獄後也許可以彌補那段空白，但她所擁有的終究只是一個對父親的幻想，Mr. Big Guy講得沒錯，但是為何要這麼殘忍戳破她的幻想呢？雲開的淚水不停地滑過臉頰，嘴唇也嘗到鹹腥的血味。

Mr. Big Guy嘆了口氣，輕輕地將雲開攬進溫暖的懷抱裡，輕柔地撫著她的後背，希望可以給她一個依靠，「我知道我這樣講很殘忍，但是妳盡量讓這一切走入歷史，好嗎？沒有父親，妳也長這麼大了，有理由繼續讓自己陷溺在無止盡的悲情裡嗎？妳會有很好的未來，相信我。」

雲開僵硬地被抱著，這一路走來她總是習慣自己照顧自己，就算照顧不好自己，也總能咬牙忍耐繼續人生的道路，因為她很早就知道了自己已經沒有回頭路，於是這一路走來，從來沒有人這樣擁抱著她，或試圖開解她，面對這樣的感動，她卻只能僵硬地回應著不知所措，甚至不敢放肆地放開自己的心情，唯恐從此就一發不可收拾，再也無法獨自面對自己的情緒，而必須依賴一個堅強的肩膀，但，到哪裡去尋找眞正屬於自己的堅強肩膀？

「這樣溫暖的懷抱眞舒服。」雲開下意識地想著，在這樣約莫攝氏十七度的山上，又僅身著短袖T恤跟薄外套，將近一百八十公分的壯碩身高足以將她整個緊密呵護住，雲開知道不能奢望這便是屬於自己的肩膀，因爲這樣又將陷入更深的悲傷，Mr. Big Guy卻及時解救了她。

「所以妳看，我說得沒錯吧，只要在屋外立個警示牌，寫著『蛇類勿入』，或是多立一個警示牌，上面也許應該寫著『父親勿入』，那妳就不會再作惡夢了。」Mr. Big Guy話鋒一轉的幽默讓雲開心情一陣轉折地破涕爲笑。

Mr. Big Guy也笑了，稍微地放開雲開，低下頭注視著她梨花帶淚的臉龐，儘管知道不該趁人不備，仍不免心蕩神馳。

原以爲解救了自己的雲開，看見他迷離的眼神，不禁又雙頰泛紅低下頭想逃開，卻仍被他結實的雙臂緊緊地箍在原地，他扶起小傢伙的臉龐，衝動地親吻了她，他的舌尖滑過她仍然帶著淚水的眼睛，嘗到鹹鹹的淚水。

他可以清楚地感受到小傢伙的保守與羞怯，他溫柔地環抱著雲開修長的身軀，藝術家的手指慢慢地從她的肩膀來到她的腰際，雲開微微地顫動一下，屈服地開啓她一向過薄的雙唇，Mr. Big Guy熾熱地吸吮著她的舌尖，這芳香的滋味跟他想像中的一般甜美。

Mr. Big Guy最後不捨地放開她，看見她酡紅的雙頰，低垂的眼眸，無限柔情地撫摸著她稜角分明的臉頰，感覺到她不斷地微微顫抖著，「很冷嗎？」

雲開點點頭，仍然不能直視他懾人的眼睛。

「那我們就回去吧。」Mr. Big Guy溫柔地牽著雲開的手慢慢地走回車上。

雲開心不在焉地看著路面，左手下意識地撫摸了一下自己的雙唇，剛才那個吻好不眞實，她偷偷地望了Mr. Big Guy一眼，要如何面對已有家室的他呢？他又想怎樣呢？他有名望又具備藝術家的氣息，然而，自己有這個福分嗎？又或者這只是因爲一時之間的費洛蒙作祟呢？不是說男人最怕也最不捨流淚的女人嗎？

對於工作，她總是有著無限的樂觀，可是對於人生跟感情，卻是個徹頭徹尾的悲觀主義者。

她很清楚知道，自己的外表看起來一點也不像是曾經走過歷史苦難的人，但是在這樣正常的外表下，她有著極其不正常的部分，對於年代的記憶，雲開是相對的低能，對於過去的時間，她總是有著錯亂而模糊的記憶，偶爾也會困擾地懷疑著自己童年時是否眞的曾經受過那些不人道的苦？

她總是努力用樂觀的態度面對一切，總是不斷地告訴自己，最苦的階段終究會過去，未來一定會比現在更美好。結論卻可能是潛意識大反撲？讓她對於年代的記憶一片模糊而空白？所有的童年記憶像是壞掉的DVD跳躍而片段，最後索性停擺成爲空白一片。

到底她是正常或是不正常？連她自己也迷糊了。也許這便是雲開一直渴望單純生活的原因吧。

可是，跟一個有婦之夫，還會是單純的生活嗎？

「要學習放鬆心情，妳拉琴時很美，我相信妳眞的很喜歡大提琴，我們總是要找一些東西來讓自己過更單純的生活。」Mr. Big Guy突然講出自己心裡想的話，讓她驚跳了一下。

雲開沉默不語，過去這段時間她感受到Mr. Big Guy細心的關注，也隱約感受到他總是帶著曖昧的眼神望著自己，但是怎麼可能呢？

他是這麼一個充滿魅力的大律師，怎麼會看上像個醜小鴨又毫無成就的自己呢？對雲開而言，凡事都應該要有合理的解釋，連感情也是一樣。

自己只是前來採購貿易的商品，怎麼會遇上這樣的事情呢？而他有多認眞？還是男人一時之間的衝動？

「其實從我們第一次在台灣的機場見面，我就知道有一天我們會在一起。」Mr. Big Guy突然又說道。

雲開愣了一下，吶吶地轉頭看著他，「那是一年多前的事情了。」

Mr. Big Guy笑著，「我相信時機成熟時，事情自然會發生。」

雲開沒有回話，因爲她不確定自己可以負擔這樣的愛情。愛情？雲開詫異地發現自己竟然用了這樣的字眼。

Mr. Big Guy伸出手握住雲開依然冰冷的手，「我只是忍不住想要照顧妳。」

雲開輕輕地也握住他的手，這麼溫暖的大手，這樣強而有力地包住她的手，這眞的會是屬於她的嗎？

四角柚木螺旋狀的床柱覆蓋著米色薄紗的頂篷，queen size的潔白床單上糾纏著甜蜜的呻吟，黝黑健壯的Mr. Big Guy跟白皙纖細的雲開形成強烈的視覺對比。

雲開的雙手緊抓著潔白的枕頭，身體難耐地扭動著，Mr. Big Guy親吻著她美麗的乳房，藝術家般的手指探向她最敏感的部位，雲開羞怯地轉開頭，卻因爲他指尖的揉動而呻吟著，他忽快忽慢的愛撫讓雲開感受到浪潮很快地來臨而雙腿激烈地顫抖著，他放肆地讓舌尖沿著肋骨向下來到茂密的性感地帶，雲開喘息而驚訝地伸手想要推開他的親吻，「不，不要。」

「噓，只要享受就好。」Mr. Big Guy抓住雲開的手，恣意地用舌尖愛撫吸吮著小傢伙最神祕而潮濕的地帶，雲開倒吸了一口氣，這是她陌生的經驗，那溫熱的吸吮讓她無法控制地呻吟著，被抓住的手探進對方的手心，與這個男人緊緊十指交纏，Mr. Big Guy毫不修飾地發出品嘗美食般的聲音，他的舌頭，他的雙唇，他的鬍渣，讓他感受到小傢伙再度激烈的顫動。

雲開不知道一個女人可以承受幾次的顫動，但她卻全身燥熱地渴望著他的身體，她呻吟著，扭動著胴體，Mr. Big Guy終於從她的濕地抬起身子，從上而下地凝望著她，他深邃的眼眸不再，只是意亂情迷而貪婪地掃視著躺在床上的小傢伙，用他的雙眸，他的手，游移著。

雲開渴望卻羞怯地等待著，他低下身子親吻著她，雲開可以從他的口中嘗到自己的味道，這像是一劑催情水，她伸出白皙的雙臂抱住他黝黑的胸膛，Mr. Big Guy得到信號一樣地緩緩進入。

雲開疼痛地又倒抽了一口氣，手指緊緊地扣住他的肩膀，這種飽滿的衝擊伴隨著疼痛。

「很痛嗎?」Mr. Big Guy憐惜地問著，他停了下來，讓雲開適應著他，他親吻著小傢伙，訝異著這樣高䠷的身材，卻有著如此緊實的包容力，他等待著，卻可以隱約感覺到她緊繃的身軀與顫抖的手臂。

雲開緊皺著眉頭，點點頭又搖搖頭，Mr. Big Guy於是再度移動著，更進一步的深入，雲開仍然喘息著，更加用力地抓著他的肩膀，慢慢地移動，他的手肘撐住男人的重量，將小傢伙緊緊地抱在懷裡，慢慢地嘗試，直到她再度呻吟著，他才敢恣意放縱地奔馳著……

Mr. Big Guy側躺在雲開的身邊，貪婪地注視著她，他的手指作畫般劃過小傢伙依然起伏喘息的山丘，「妳還好嗎？」

雲開竟然還是羞怯地泛紅了雙頰，點點頭微笑著，他躺下來把雲開攬進懷裡，「休息一下，我們就去吃飯？」環抱著小傢伙的手來回地磨蹭著她的手臂。

雲開依偎在他懷裡點點頭，聞著他身上充滿麝香般的男性氣息，或許是太久沒有激烈的性愛，或是他愛撫的雙手具有安定的魔力，雲開一下子就睡著了，Mr. Big Guy滿足地鬆了口氣也隨之入睡。

一個小時後，雲開悠悠地醒來，尷尬地聽見自己的肚子咕嚕咕嚕地叫著，轉過頭便發現他早已醒來並且正對著她開心地笑著，他輕輕地拍了一下雲開的臀部，「我們去餐廳吃飯吧。」

兩個人坐在飯店餐廳的一角，享受著沉默而親暱的氣氛，直到Mr. Big Guy看看手錶提醒了雲開他並非單身的身分，氣氛突地又沉重起來，不知道自己走進的是怎樣的未來，也許只是一夜情，她安慰自己，但是又很清楚自己不是玩一夜情的那種人。

「想什麼呢？」Mr. Big Guy伸手越過桌面輕柔地來回玩著雲開的手指，繾綣地迷戀著她因爲練習大提琴而產生的繭。

雲開微笑著搖搖頭，有什麼好說的呢？都這種年紀的人了，難道還像十七八歲的年輕小女生一樣要求對方的保證嗎？

Mr. Big Guy突然說道，「妳相信宿命嗎？」

雲開凝視著他，「我不喜歡相信宿命，但是往往發現不得不信。」

他再度點頭，藝術家的手指依然留戀著雲開猶如音樂家似的白皙雙手，從左手指尖的老繭游移到她手背上清晰而浮凸的青筋，「我曾經到了離婚邊緣，卻沒有勇氣親手拆散我的家庭。」

雲開不知何故地彷彿也鬆了一口氣，「是的，我記得有一次在台北請你吃飯時，談到我一直分居無法離婚時，你曾經佩服過我的勇氣，也提到你無法對孩子交代，儘管不是好妻子，卻是個好母親。」

Mr. Big Guy苦笑了一下，「我一直沒有對妳表示，只是因爲我要弄清楚，對妳只是性，還是愛？」

雲開嚴肅地面對他，搖搖頭，「愛是很可怕的東西。」

他點點頭，原本一直撫摸雲開的手指有力地握住她的手，「我只是想要照顧妳而已。」

雲開什麼也沒說，只是點點頭，心想著這麼複雜的情況能持續多久呢？左側的太陽穴又暗自鼓動起來。

Mr. Big Guy卻活似讀心人似地說道，「也許我們可以走很長久的路呢。」

雲開目瞪口呆地看著他，尚未開口，飯店經理便走近座位，Mr. Big Guy從容地鬆開她的手。

飯店經理微笑地對著Mr. Big Guy以印尼話說道，「不知道我們有沒有這個榮幸邀請小姐再演奏一次呢？」

Mr. Big Guy只是笑著用英文回答他，「我想您要自己請問她。」

經理只好用英語對著雲開重述一次，雲開猶豫地望了Mr. Big Guy一眼，看見經理殷勤的笑容，知道拒絕只會貽笑大方，只能微笑地點點頭。

侍者收走桌上的餐點，給了Mr. Big Guy一杯道地的峇里島咖啡，他微笑地注視著雲開走到鋼琴旁跟琴手溝通著。舞台上接近音樂的雲開自然散發出不同的氣氛，一向堅強的表情也柔和了起來。

Mr. Big Guy的眼睛隨著雲開的每一個動作，他注視著雲開拿起大提琴坐到舞台上的椅子，用著極爲性感的神情調整著她與大提琴間的姿勢，Mr. Big Guy一下子又回想起稍早前，小傢伙白嫩雙腿緊夾著他的激烈感受，竟不自覺地又渴望起她來。

雲開坐定之後，轉頭看了一眼鋼琴手，跟鋼琴對了一下音準，Mr. Big Guy原以爲她會再次演奏那首〈望你早歸〉，卻意外地聽見另外一首猶似聖堂音樂般的〈米隆加舞曲的悲傷〉，雖不是那樣深沉的悲痛，卻仍有著切切的抑鬱。

Mr. Big Guy不知道其他人可不可以了解她的音樂，但是對他卻是深深的感動，台上小傢伙憂鬱的神情深深吸引著他，他很清楚自己無意為任何人犧牲自己的孩子，卻仍是這樣義無反顧地愛上她，並且單純地想要照顧雲開，希望自己可以幫上一點忙。

雲開的音樂觸動他的心弦，但是如果可以，他寧可雲開只是演奏一些愉快的音樂，而不是用自己的生命來演奏。

此曲演奏完畢，雲開便起身向給予掌聲的來賓答禮，台下安可聲紛紛響起，雲開只是笑著再次答禮。

「安可！安可！」

雲開下意識地在席間搜尋著Mr. Big Guy的身影，看見他也笑著向她鼓掌並且喊著安可，不禁露出燦爛的微笑，大廳的燈光映襯著他高大的背影，正準備坐下再一首的演奏，眼前卻像一道閃電劃過，雲開身子晃了一晃，幾乎從椅子上面跌落，雲開緊緊抓著大提琴唯恐提琴跟自己摔下椅子，台下來賓發出驚呼聲，只見Mr. Big Guy三兩步衝上前去，差點撞翻了原先坐著的桌子，在最後一刻扶住臉色灰白的雲開。

雲開抬起眼睛，整個頭部劇烈地鼓動起來，眼前一片白影激光不能視物幾乎要嘔吐，但是她聞得出來是Mr. Big Guy的味道，「Big……」

「撐住，小傢伙，我扶著妳了，別怕。」Mr. Big Guy嚇出一身冷汗，趕在雲開連人帶琴從舞台上跌落前抓住了她的肩膀。

「對不起，我……」雲開整個人軟趴趴地靠在Mr. Big Guy身上。

「噓，別說話，我會照顧妳，別怕。」

鋼琴手跟經理也趕過來，「小姐還好嗎？」

Mr. Big Guy示意鋼琴手將大提琴拿走，「她有點不舒服，我先送她回房間。」他彎下身子一把抱起雲開，穿過圍觀的人群迅速地向著房間走去，飯店經理緊張地尾隨著他們，準備要替他們開門。

飯店經理迅速地打開房門，讓Mr. Big Guy將雲開小心地放在床上，「要不要請醫生過來一趟？」

Mr. Big Guy搖搖頭，「暫時不用，我會照顧她，如果有需要我會立刻通知你。」

飯店經理點點頭，看了一眼躺在床上緊閉雙眼，臉色蒼白的雲開，「是的，有需要請立刻通知我。」說罷便退出房間。

Mr. Big Guy坐在床邊，看著一動也不動的雲開，他拉出雲開的手測量著脈搏，淺短地幾乎無法從手腕處測得心跳，他伸手壓著雲開的頸部脈搏才得以確認。

但是他仍可以從雲開白皙的臉上看見太陽穴正微弱地搏動著，他撫摸著雲開冰冷的臉頰，「小傢伙？」

雲開在幾分鐘之後緩緩地醒過來，眼神茫然地注視著天花板，才隨著呼喚她的聲音轉頭注視著正握著她手的Mr. Big Guy。

「小傢伙?」Mr. Big Guy憂慮地看著她，手仍緊緊地握著她的手，原本冰冷的手心仍是不著邊際似地虛涼。

「Big……」雲開一下子意會不過來發生了什麼事情。

「要請醫生來嗎?」

「請醫生?我原本不是在拉大提琴嗎?」雲開茫然地問著。

Mr. Big Guy聞言憂慮地摸了摸她的臉，「妳不記得妳昏倒了嗎?」

雲開的頭痛又開始排山倒海而來，「我只記得看到閃電，我頭好痛，我需要止痛藥。」

Mr. Big Guy沉默地站起來找到桌上的藥袋，扶著她喝水服用止痛藥，再溫柔地將雲開扶回床上躺好。

「謝謝，」雲開頭痛得連自己的聲音聽起來都很飄邈，「對不起，餐廳那邊被我搞砸了嗎?我把提琴弄壞了嗎?」

Mr. Big Guy搖搖頭，「沒事，提琴沒壞。」他在床邊坐下來，「妳怎麼了?」

「我不知道，只是突然看到一道閃電，然後就開始頭痛，」雲開慢慢地回憶起當時的情況，「整個餐廳都好亮，我什麼都看不見，但是我聞到你的味道，然後聽到你的聲音。」

Mr. Big Guy的心微微地悶痛起來，忍不住伸手撥了撥她掉落在臉上的幾根髮絲，他心裡略略地猜到了雲開的頭痛應該不單純，「小傢伙，聽我說。」

雲開吃過止痛藥之後，頭痛慢慢減緩，她努力地集中焦距注視著Mr. Big Guy。

「回去之後，無論如何都要檢查清楚妳的頭痛原因，就算假借妳父親的名義，也要找到一個好醫生來診斷妳的頭痛，知道嗎？爲了妳的健康，妳必須要利用一切妳可以運用的關係，明白嗎？」

雲開點點頭，她知道自己剛才的昏厥又再次嚇到Mr. Big Guy了。

「我沒事了，你回家休息吧。」雲開安慰著他。

Mr. Big Guy搖搖頭，「妳先睡，我在這理陪妳，妳就不用擔心會有人闖進來，妳睡著後我就會離開。」說完便躺到她身邊輕輕摟著她，「這樣妳會不舒服嗎？」

雲開很想告訴他，從未有過這樣溫暖而舒服的懷抱，但她僅是輕輕地搖搖頭，吃力地挪動她的身體，找到一個更舒服的位置依偎著他健壯的胸膛，Mr. Big Guy打開電視將音量調低，一邊看著電視，一邊輕輕地撫摸著小傢伙的手臂。

也許是今天有太多意外，或許是耗損了太多體力，雲開一下子就睡著了。

第二天早上，雲開遲遲醒來時，日頭已經高掛，她全身痠痛地躺在床上，轉頭看著昨晚Mr. Big Guy躺過的位置，她不知道自己睡了多久，也不知道他何時離開，心裡覺得非常的矛盾，有他陪在身旁似乎一切都顯得很安心，但是明知道這不是眞正屬於她的男人，眞的可以如此依戀嗎？

正想著，Mr. Big Guy就打開門進來，走到床邊摸了摸雲開的額頭，「今天還好嗎？」

雲開點點頭，「不好意思，讓你這麼擔心。」她瞥了一眼桌上，看見原本的鑰匙不在桌上。

Mr. Big Guy只是搖搖頭，「沒事就好，妳今天可以回台灣嗎？要不要延後一天再走？」

雲開猶豫了一下，「我還是今天回去吧，台灣明天有會議，我已經沒事了，你不要擔心。」心裡很想留下來，卻又還不能面對自己心中的遲疑與恐懼。

Mr. Big Guy嘆口氣，「我覺得妳最好把會議改時間，多休息一天再回去。」

雲開猶豫了一下，搖搖頭，知道台灣的會議無法改時間。

Mr. Big Guy在床沿坐下來，沉默半晌，認眞地看著她，「小傢伙，聽我說，回去台灣後一定要認眞看待這件事情，一定有哪裡不對勁，要運用一切關係照顧好自己的身體，我知道我昨天已經告訴過妳這件事情，我現在還是要再強調一次，因爲妳總是不聽話，總是拿自己的身體逞強，這樣是不行的，知道嗎？」

雲開點點頭，很感激有人這麼關心自己。

Mr. Big Guy站起來，坐到旁邊的沙發上，「妳可以起來了嗎？還是要再睡一會兒？」

雲開搖搖頭，「我已經沒事了，你等我換一下衣服就好了。」

雲開下床時，他的眼睛一直尾隨著她的一舉一動，非得要確認一切都沒有問題。

當雲開換好衣服時，看見Mr. Big Guy正在講電話，她一點也聽不懂印尼話，但是隱約聽見自己的名字覺得奇怪。

掛掉電話的Mr. Big Guy關心地看著她，「眞的沒問題吧？」

雲開用力地點點頭，「沒事啦，又不是經常這樣，沒事啦。」

Mr. Big Guy笑了笑，儘管眼中仍然難掩憂慮神情，「走吧，我們去吃點東西好了。」

Mr. Big Guy帶著雲開輕鬆地用了早午餐，也安排他慣常使用的按摩師幫雲開進行了一次放鬆全身的按摩，最後當他送雲開到機場時，安排了當地的服務人員替雲開拿行李。

一切打理完畢，他轉過身來注視著雲開，「自從峇里島發生炸彈事件後，我們必須持有護照才能進入機場大廳，我的護照在秘書那裡，無法陪妳進去，妳眞的要現在返台嗎？」

雲開點點頭。

他彎下身子在大庭廣眾下緊緊地擁抱她，並熱情地親吻著，雲開伸出雙手擁抱了他壯碩的身體，「謝謝你爲我所做的一切，謝謝你。」

放開Mr. Big Guy的雲開無法面對突然間產生的情緒，急急轉身朝著機場大廳的方向走去，服務人員尾隨其後，走了幾步，雲開忍不住地停下腳步再次回頭，Mr. Big Guy仍然駐足原地凝望著她，面對著他的眼神讓她再次怦然心動，她猶豫地伸出手向他揮了揮，

「Bye。」然後再次轉身走入機場大廳。

來到航空公司的櫃檯，雲開心不在焉地遞上自己的護照跟機票，他是有家室的人，自己離婚官司也未結束，眞能走長久的路嗎？

「傅小姐，您的機位升等爲商務艙了，這是您的登機證跟貴賓等候區的使用劵，這次的哩程也已經爲您登錄了。」櫃檯小姐親切地說著，但雲開卻是一頭霧水。

「商務艙？我訂的是經濟艙呀，是不是弄錯了呢？」

接著櫃檯小姐報出Mr. Big Guy的名字，「是這位先生剛才來電爲您升等機位。」

雲開驚訝地不知道要說些什麼，「好的，請問我要補多少差額？」

櫃檯小姐微笑地搖搖頭，「他也已經支付了，您只要上後方的電扶梯至二樓就可以過海關，檢驗證件，然後便可以使用貴賓室了，祝您有個愉快的航程。」

雲開吶吶地點點頭，「謝謝。」提了自己的小筆記型電腦便轉身往電扶梯方向走去，她掏出手機，猶豫了一下按出簡訊，「Big，你幫我升等機位嗎？」

Mr. Big Guy的簡訊很快地便傳來，「妳check in了嗎？我想妳身體不舒服應該讓妳坐商務艙可能會比較好一點。」他輕鬆的語氣讓雲開的眼眶泛紅起來。

「但是我怎麼不知道你幫我升等機位？你怎麼不告訴我，我應該要付錢的。」

「我只是想要照顧妳，讓妳可以舒服一點，沒有什麼好說的，也不要講什麼付錢的事情，小事情而已。」

雲開努力地眨眨眼睛不讓眼淚掉下來，她不知道自己應該說些什麼，只能認眞地向他道謝，「眞的，謝謝你爲我所做的一切。」

坐在車子裡面看完簡訊的Mr. Big Guy穩穩地握著方向盤向返家的方向前去，忍不住後悔著沒有要求小傢伙多留一天，「她能夠平安地回到台灣嗎？」他自問著，心裡湧出深切的關懷與疼惜。

注：作詞為那卡諾先生，作曲為楊三郎先生。

# 三

那是誰青春年少的肉體正抱著鮮嫩白皙的女體在向晚的果園裡纏綿著？

一張年少俊美的臉，襯著一雙充滿桀驁不遜光采的丹鳳眼，瘦削修長的體格激烈地探索著仍然不諳世事的女香。

「玫，爲何你如此美麗？讓我日日夜夜思念著你的一切，妳的眼，妳的唇，妳完美的乳房，你神祕的香味總是出現在我的夢中。」青年一邊吸吮著年輕女孩堅挺的乳尖一邊低喃著。

二八佳人的呻吟慢慢地激烈起來，無瑕的雙手緊緊地抓著青年的背，情不自禁地在他身軀下方蠕動著，神祕的地帶飢渴地磨蹭著青年堅硬的部位，「道，給我，我想跟你一起去。」

青年人折磨著年方十六的初戀情人，臉上帶著激烈而快意的笑容，低下頭注視著陳玫，打從胞妹第一次帶她回家，就被她活潑美麗的影像深深吸引無法自拔，「跟我一起去？如果妳父親知道了，會不會打死我們？」

陳玫迷離的眼神需索地掃過傅道瀟灑不羈的臉龐，用力地將他拉近自己美好的胸部，「那我們就私奔吧。」

傅道心裡帶著滿滿勝利的滋味滿足兩個人年少輕狂的飢渴，天上一輪白色明月將光芒淡淡地灑在熾熱而扭動的糾纏上。

※

從高雄小港機場往守禮家的路上，父女倆還是一樣地安靜，兩個人都無意化解出國前產生的衝突，一個是無意化解，一個或許是不知該從何處著手。

手機簡訊響起，「小傢伙，妳今天好嗎？」

雲開只是簡單地回了簡訊，「不太好，正陪我父親要去看我姊姊，晚點再告訴你。」

「就這樣吧，」雲開收起手機灰心地想著，「父親對我而言從來就不是個名詞，頂多也就是個形容詞，能要求什麼呢？」儘管有來自呇里島的關懷，但是此刻內心的灰調卻一點也提振不起來。

傅道對於過去的婚生子女完全沒有處理感情的能力，對他而言，小孩像是會自動長大的奇異個體，他這一生都在從事革命志業，有機會面對外界時，兩個女兒都已經長大了，所謂生命中最驚喜的過程對傅道而言也是一片空白。好不容易現在有了藍亭，還爲他生了兩個女兒，讓他可以彌補這輩子的空白，但是對於前妻的兩個女兒，他始終不知道應該要如何相處。

車子裡面又維持著沉默的尷尬氣氛，幾分鐘後，「其實有一件事情，我對妳跟守禮很不諒解。」傅道說道，所言內容又令雲開感到有點錯愕，但是雲開只是挑挑眉頭看著父親。

「我一直都這麼愛妳們，可是妳們卻沒有對等的回報我。」傅道正經八百地說出他的心聲。

雲開震驚地看著她的父親，除了質疑他是不是瘋了，更加覺得荒謬而心痛，「你這樣講很不公平喔，」雲開壓抑著怒氣，「我們哪裡沒有對等回報您？是您對我們不公平吧？」

傅道聞言帶著怒氣立刻回應，「胡說，我哪裡對妳們不公平？」

雲開想到他們在陽明山上的高級生活，和樂的家庭，反顧自己辛苦的生活以及生病很久的姊姊，她不知道父親到底是哪裡有問題，爲何還會對她提出這種「抗議」?!

「你眞的要我說嗎？我們才覺得你對思露他們非常偏心，看看你們過的是什麼生活？大姊跟媽媽都要沒地方住了，我也要自己辛苦地賺錢養家，」雲開忍不住地哽咽了，「每一次你要我協助的時候，我有哪一次沒有做到？現在你居然說我們沒有對等回報你，請問你到底給了我們什麼？連我告訴你我頭痛，醫生懷疑我長東西，你也只是一聲『嗯』就帶過去了，藍亭她們一點小病痛，要不是請醫師出診，就是到大醫院，有主任級的醫師出來招呼，我跟守禮到底算什麼？」

傅道看見雲開流淚著實有些驚慌，這個女兒向來作風強勢，幾乎未曾在他面前示弱或流淚，此時激發她如此反應倒叫他不知所措，只聽他吶吶地改為辯解的口氣，「妳們小時候我不在妳們身邊，現在有了思露跟思嘉，才讓我有了做父親的感覺。」

雲開越聽越覺得不可思議，父親在政治上眞知灼見，眞的對人際相處低能智障到如此地步嗎？

「你有沒有想過，我跟守禮永遠都是你的女兒？我們也需要你的關心跟照顧？並不是從小沒有在一起，長大之後我們就不用你的關心?!」

「我當初做立委比較有能力照顧妳們的時候，妳們什麼都不說，連結婚我也只是被告知而已，我有機會嗎？」傅道自覺理直氣壯地又開始爭論著。

「當初你剛出獄時，有立刻來看我們嗎？也是隔了很久之後，有人去跟你抗議之後，你才來找我們的吧？當初你的態度有像是要做父親的樣子嗎？我們又有機會嗎？現在你有新家庭了，也跟藍亭結婚了，跟我們還有什麼關聯？不過就只是身分證上的注記罷了。」

傅道的聲調又降低了，似乎不知道如何處理眼前的狀況，這一切實在比處理台灣的前途問題還要棘手，「我對妳跟守禮跟對思露她們都一樣，只是她們跟我住在一起而已，這跟我有沒有與藍亭結婚也沒有關聯。」

雲開回頭直直地盯著父親，「是這樣嗎？」雖然流著淚，雲開咄咄逼人的態度又開始浮現，「您有想過要跟我們住在一起嗎？甚至，我只想問您，您有過一絲絲這樣的想法嗎？你有注意過藍亭是用什麼態度對待我跟月明嗎？」

傅道轉頭注視著雲開，眼神出現了明顯想要保護藍亭的態度，「藍亭怎麼了嗎？」

「每次你都堅持要月明帶一樣東西離開你家，你難道要告訴我說，你從來都沒有注意到藍亭給月明的，都是破爛玩具嗎？不是臉畫花了，就是斷手斷腳的娃娃，我的確是沒錢，但起碼還可以負擔玩具，月明也很認分，如果我負擔不起，她也不會吵著要玩具，我們不是乞丐。你在的時候，藍亭勉強還跟我講話，你如果不在，她跟我完全沒有話可以說，還給我臉色看，連去你家吃飯，她還要把魚翅藏起來，這是想要做一家人的樣子嗎？她跟她的朋友，爲了選舉的事情陷害過我幾次，還是因爲你就是一點也不重視我跟守禮，才會讓旁人以爲可以那樣糟蹋我們！」

「玩具的事情，因爲思露跟思嘉兩個人都很會吵架，所以藍亭只是怕她們又吵架，其他的一定是誤會，藍亭可能只是不知道要怎麼跟妳講話，所以……」

雲開聽見傅道仍在爲藍亭辯解，直接打斷他的話，「你還在爲她辯解，就算是怕她們吵架，也犯不著給我們垃圾，你知不知道那天月明上車之後，她很傷心地問我，爲什麼你們要給她斷手的娃娃？是不是因爲她不乖？你們傷害我就算了，爲什麼要這樣傷害一個五歲小孩的心？」

「妳想太多了，沒有人想要傷害妳們。」傅道急急地說著。

雲開知道再說也是多餘了，「隨便你怎麼說，再說下去也沒有意思了。」

車內沉默了一分鐘後，傅道吶吶地說著，「我現在有個新的家庭，妳應該要替我高興才對啊。」相較於雲開的進逼，傅道卻演出走樣。

雲開像洩氣的皮球，父親這樣的話，讓她一點都不知道還有什麼希望，父親一點也沒有抓住重點，更加不了解她跟守禮所需要的只是他一點點的公平對待。對於物質上的，她們自認沒有福氣可以跟兩個妹妹享受同樣的待遇，但是起碼，只是起碼也要有同等的關心吧，可是守禮病重或許來日無多，父親卻已經將近一年沒有前去探望，甚至還要雲開陪伴才有勇氣前去探視，對於長期需要臥床，仰賴純氧維持生命的守禮來說又情何以堪呢？

「我們很高興您現在有個『新家庭』，」雲開突然地冷靜了下來，「我們所要求的也不過就只是希望您記得您還有兩個女兒，僅僅只是這樣而已。」

「我當然記得啊。」

雲開苦苦地笑了，「可是您連我離婚了沒都不知道，不是嗎？」

車子裡再度陷入一片沉默，只有雲開偶爾發出的擤鼻的單一聲音。隨著車程逐漸接近守禮家，雲開才緩緩地開口，「從小我就是這麼獨立，不管發生什麼事情都自己扛，媽媽跟姊姊從來也都不知道我曾經發生過什麼事情，在您出事的那段歲月裡面，沒人知道我眞正過的是怎樣的生活，我對母親姊姊也是這樣，並不是只有對您才這樣維持獨立的態度，那是因爲我習慣自己解決自己的問題，因爲我沒有父親在身邊支持我，但是，就算我們都不講，難道您也一點都看不出來也許我們是需要一個父親的嗎？」

雲開這番沉痛的話說畢，車子也正好抵達守禮家樓下，雲開打開車門，傳道再沒有開口的機會。

踏在故鄉的土地上，雲開絲毫沒有回到避風港的感動或安心，走在父親身邊也沒有一絲依靠與慰藉。許多人生的風雨經歷浮現眼前，曾經當眾羞辱她的，如今也前倨後恭；曾經一心渴望擁有的，結果也只是一場虛幻，遠在南半球的男人終究也不會屬於她，生命能經得起多少玩笑呢？

父女倆各有心事地走進守禮家，印入眼簾的是躺在客廳角落床上的女子，守禮比雲開大九歲，也不過四十來歲卻骨瘦如柴，臉上還罩著氧氣管，正躺在以客廳角落區隔開來的臨時床上睡覺。

雲開看見客廳擁擠空間裡面所區隔出來的小床，心裡面五味雜陳，曾經是出身非常富裕家庭的母親，現在卻落得財務如此困難，連棲身的屋子也幾乎被銀行收回，她可以了解母親是如何撐過這段適應期，她也相信自己堅韌的個性應該是遺傳自母親的個性，當年要不是母親的固執，他們大概也無法長大成人，相對地也因爲母親的固執，雲開錯過了許多自身發展的機會。

其實也都是自己放棄的，哪裡怨得了人呢？

守禮固執地沉溺在自我的哀怨中，糟蹋了自己的身體終至一病不起，平白浪費了這一生；陳玫固執地沉溺在對傅道盲目的迷戀中，離婚數十年也無法忘情，只引來彼此間更多的不諒解。至於傅道固執於什麼？自己又執著些什麼？如果告訴守禮父親跟藍亭已經結婚了，她受得了嗎？

雲開看著父親，其實心裡很茫然。

或許父親已經清楚作出了抉擇，即便失去政治界的高位，他也要享有新家庭所帶來的幸福經驗，那麼她自己呢？

她跟守禮就是這個時代下面的悲劇嗎？

有這麼偉大嗎？

也不過就只是十一歲那年所有的情勢使然，雲開決定了自己的人生方向，也同時決定了自己的命運，誠如守禮跟陳玫當年也選擇了回應人生挑戰的方式，「生命中不能承受之輕」，就是這個意味了吧?!

注視著仍在休息的守禮，隨著氧氣機的浮球飄動，雲開站得遠遠地看著傅道，一如她向來所習慣的位置，顯然傅道也沒有勇氣太過靠近這顯得悲情的景象，對應他在山上所居住的浪漫情調處所與躺在客廳角落床上的大女兒，傅道能夠承受多少？又或者他心中是否還有所感受？

雲開不知道，也不再去揣測，走到這般田地，讓女兒心頭有此疑惑，其實再問也是多餘了。

雲開回頭看著坐在餐廳角落的母親，陳玫低著頭一臉哀怨，她由始至終都深愛著傅道，可是大時代的悲劇卻是這樣地捉弄著人生際遇，沒有人知道離異與否的變化，陳玫卻要不斷地忍受著深愛與大恨在心頭的人神交戰。

雲開走過去陪母親坐了一會兒，看著母親的神情深感不捨，她太了解母親，「妳最沒用了，到現在還愛著他。」雲開開玩笑地說著，唯恐太過正經就會撥撩起太多的傷痛。

「哪還有在愛他？人家都有新家庭了。」陳玫的語氣帶著敏感的妒忌。

「死心吧，大家都有各自的生活了。」雲開淡淡地說著，就是不敢跟母親提及傅道與藍亭結婚的事情，她知道陳玫始終還是愛著傅道，但是愛傅道的又何止陳玫一人？父親的風流史簡直可以集結成書了，「剛才在車上還大吵了一架。」

「妳就是老跟他吵架，所以你們的感情一直都不好。」

「有些話聽不過去，就是這樣了，反正就算不吵，感情也不會就變好了。」雲開每次跟母親講到父親的事情總是這樣一貫冷淡的態度。

「守禮的狀況很不好，也不知道能拖多久。」陳玫哀怨地說著。

「嗯。」雲開也只能點點頭。

一直以來，雲開常常給人一種對於家人與家庭都非常冷淡的印象，尤其從阿根廷回來之後更是如此，或許換個角度，是雲開終於學乖了，她終於了解到不是一定要一家人勉強在一起才是愛一個家庭。過去，她放棄過許多的事情，放棄學業跟愛情跟著家人去到遙遠的異鄉，換來的卻是更多的傷害。

看著母親老去的容顏，相對應父親依然風流倜儻的身影，雲開心中當然有所不捨，但是又能如何呢？

「還是看開點吧，我最近生意也不錯，做得好了，我也會照顧妳們的，放心吧，現在只是大家過得苦一點。」

陳玫看著雲開，知道也是因爲她而連累了當時擔任保證人的雲開，讓她在自己的事業上被處處掣肘。

「不看開又能如何？只是他一點都不把妳們放在心上實在說不過去，當初沒有照顧過妳們，現在有點能力了，竟然也不管妳們，妳看守禮的樣子，他已經快要一年沒有來看過她了。我就算沒有功勞也有苦勞，把妳們撫養長大，妳們是我的孩子，我心甘情願撫養妳們，但是他一句謝謝都沒有，還口口聲聲破壞我的名譽。」陳玫說著說著又開始激動起來。

「算了，我跟守禮是他親生的都沒有太多感情了，更何況你們之間說穿了也不過就只是姻親罷了，何必生氣成這樣子，守禮都這樣了，難道等一下又要吵起來嗎？」雲開適時地打斷陳玫漸漸挑起的仇怨。

陳玫突然像是洩氣的皮球，整個人又萎靡了起來，「唉，人家現在有年輕女人了，我們只是當年傻才會心甘情願跟他私奔，唉，自找的喔。」

雲開沒有回話，有時候保持一點沉默還是比較好的處理方式。

「妳的頭痛處理得怎樣了？」陳玫關心地問著。

「明天要去給陳仲文醫師看。」雲開平淡地說著。

「陳醫師是看這科的嗎？」陳玫在記憶中搜尋著。

雲開搖搖頭，「不是，不過我想要請他幫我看看病歷，也許會有比較好的建議。」

「妳爸沒有幫妳跟醫院講一下嗎？」

雲開再次搖頭，「我那天跟他講，他只點點頭，誰知道會不會去講？」

「妳這個爸爸……唉，妳們做他的女兒也是算妳們倒楣，唉。」陳玫長長地嘆了一口氣，「要不是被倒了那麼多錢，哪裡會讓妳們有機會接受妳爸爸的幫助，只是一點點的幫助，每個月給妳姊姊一點生活費，偶爾幫妳週轉一下資金，還要看他臉色。」

雲開沉默不語，回頭望向客廳的父女，顯然也是少話的尷尬場面，守禮斜斜地坐在角落的小床上，傅道坐在床邊的椅子上，兩個人似乎都沒有太多的交集目光，談話也是斷斷續續。

「大姊還是每天跟妳吵架啊？」雲開一向知道脾氣乖戾的守禮總是每天跟陳玫吵架。陳玫深深地嘆了一口氣，「眞是欠她的。」

雲開不以爲然地撇撇嘴，她其實跟守禮一點都不像，這個家庭總是吵吵鬧鬧，要不是跟傅道長得太相似，她眞以爲自己是路邊撿回來的。

雲開看看手錶，起身走到客廳，其實也只是六步路距離的小屋子，「差不多了，好像該走了。」

傅道臉上微微露出鬆口氣的模樣，令雲開心頭一震，眞的連應酬一下也這麼困難嗎？還是眞的無法面對自己有個垂死女兒的事實？雲開看了一眼守禮，知道容易憂鬱與哀怨的她也看到了父親的態度，兩姊妹相對無語。

「好了，那就下次再來看妳。」傅道說著。

兩姊妹心裡想的竟然都是不知道是不是又要等一年？而那時候守禮還在嗎？

雲開在離開前回頭看了一眼守禮，做了個會打電話給她的動作。

回程路上，車內氣氛更顯冷清，說什麼好呢？

「幫守禮請個看護的事情，妳就盡快去進行吧。」這次傳道看見守禮的病情，終於了解到不是每個月給一些生活費就可以眞正協助守禮，允諾要支應看護的費用。

雲開只是點點頭，覺得很累，不願多想多說，再多的比較只是讓人更加氣餒罷了，一個三十五歲的女人應該擁有更多的自由跟豁達，而不是在無限哀戚中繼續沉淪下去。

上了飛機回台北的航程中，她感到無比的疲倦，爲何剛從峇里島回來，便又立刻感到如此困頓呢？好想離開台灣的念頭益發地強烈起來。

出身在一個不斷追逐台獨立場的家庭，雲開卻一心想要逃離這個地方，著實可笑。

她閉上眼睛嘗試著讓雜亂的心緒平靜下來，卻一下子入睡了。

一株美麗的櫻花樹固執地在滿地白雪中盛開著，一頭烏黑濃密長及腰際的捲髮纏繞著不再年輕的革命家。

當年俊朗的身材如今也小腹微凸，他雙手緊抓著長髮女子頭部，讓她恣意地呑吐著他的男根，她白皙如雪的肌膚，鮮紅如血的雙唇，正發出享樂的聲音來回地取悅著男人，男人私密部位的氣味，對她而言猶如蜜糖般芳香誘人。

「太棒了，妳實在太厲害了。」男人緊抓著她的長髮不停地呻吟著。

女子微微抬起頭來笑睨著臣服於她的革命家，「你喜歡嗎？」她的手立刻握住男人股腹間溫熱堅硬的部位，不讓他有喘息的機會繼續來回使力。

「當然，當然，妳是最棒的，不要停，我就快來了。」男人伸手想要將她的頭再度按回他的私處。

女子卻一閃地躲開妖艷地嬌笑著，「不行，哪能這麼快就投降呢？我還沒有讓你享受夠呢。」

說罷，她再度將臉埋進男人茂密的毛髮間，一手按摩著他依然堅硬的部位，雙唇卻來到位於其下的球狀物，張開她溫暖的嘴慢慢地將雙球吸進口中。

「喔，喔，對，對，就是這樣。」

女子向下來到男人的後庭，來回地吸吮舔弄著，他大聲地呻吟著，女子得意地一邊抬起眼睛瞄著已爲囊中物的革命家。

女子起身離開男人的私處，男人嘆口氣地鬆開她的長髮，「妳總是這麼折騰我。」

女子甩動長髮，狐媚地笑著，深邃的眼神放電地勾著他，爬上男人的身體，張開白皙的大腿跨在他的臉邊，黝黑而茂密的私處大大地直逼男人的嘴前，她躺在男人身上，濃密長髮鋪散在他腿邊，伸出纖細的手指就著男人的眼前開始自淫起來。

「眞美啊。」男人嘆息著，感受著女子的體重，聞著來自眼前私處的神祕女香，看見汩汨淫水閃著銀光地自茂密叢林間瀉下，她的手指來回地搓揉著自己最神祕的部位，時而伸進穴裡，時而上下愛撫著，撥弄出許多滋滋的水聲搭配她的喘息吟叫，蛇腰般的軀體不停地在男人身上扭動著。

女子一邊淫叫著，一邊感受到自己枕著的男根堅硬非常，她微笑著，嬌喘著，「上我呀，上我呀，我需要你來滿足我。」

男人像是得到訊號似地將女子翻覆在床上，一躍而起，跪在床上，君王似地俯視女人白皙的胴體正誘人地趴在床上，長髮瀑布般地撒在背上，美好的曲線若隱若現。

「趕快上我，我等不及了。」女人的身體在床上蠕動著。

男人一把抓起她豐滿的臀部，毫不憐惜地長驅直入，那溫暖而多汁的叢林深處正是他的依歸啊，他來回地衝撞著，似乎仍猶當壯年，他一手抓著女子的肩膀，一手抓著她柔軟而瓜狀般的巨乳，看著她長髮因爲自己的衝撞而擺盪，聽著她誘人的聲音，他更加使力地滿足女子，「妳這種母狗般的姿勢最誘人，最讓我激動不已。」

女子喘息著，「是啊，我是你的母狗，我永遠都是你的母狗，你要怎麼上我、凌虐我都可以，把我當成眞正的母狗上我吧。」

男人更加激烈地愛著女子，「嗯，嗯，我永遠都不許妳離開我，妳要什麼我都會給妳。」

女子妖嬌地笑著，「我只要你啊，你是我的國王，我是你的奴隸，我只要你啊，以往你沒有享受過的生活，我都會給你。」

男人急促地抽動著，一陣戰慄之後，力竭地趴在女人的身上，「我這輩子都會保護妳。」

女子維持著犬般姿勢，甩動長髮，悠悠地轉過頭來，一雙深邃而烏黑的眼睛直直地望向遠方的雲開，嘴角撇動地輕笑著。

雲開電擊般醒來，發現自己仍在飛機上，卻因爲那深沉的眼神而戰慄不已，轉頭望向小小的機窗外，眼底的白雲像極了那北國雪地，遠遠處，也像是有株燦爛的櫻花樹，那頭白狐狸動也不動地望著自己，雲開再次打了個寒顫。

她知道自己從來沒有眞正擁有父親，更何況是現在還有了新家庭呢？枕邊細語的殺傷力她太清楚了，她長長地嘆口氣，人到底要追求些什麼呢？站在天地萬物間便顯得渺小，還能有太多的怨恨嗎？

如果身邊都可以無伴，何以需要在壯年時期又渴望著父親一絲絲的關懷？

雲開想到Bedugul的氣溫，那裡的山，那裡的湖泊，那裡滿天的星斗跟她的南十字星，如果人世間有太多的不由自主，那麼自己可以做點什麼呢？如果可以一心想要向著夢想前進，是否便可以心想事成？

想到Mr. Big Guy，這突然產生的複雜關係又該如何自處呢？複雜的關係，有沒有可以單純一點的感情？

對應於自己面對群眾極端孤僻的性格，或許只是一直沒有機會面對自己心中眞正的渴望，所以總是冷淡面對這個世界，她曾經對自己說過，希望三十歲的時候可以更加成熟，面對四十要更加地豁達，是不是應該要豁達地接受過去，成熟地面對未來呢？

下飛機之後，雲開打開手機送了簡訊給Mr. Big Guy，「你好嗎？」

簡訊很快地回來，「我很好，其實很想念妳，妳好嗎？」

雲開想了想，告訴他，「我想告訴你，我這輩子一定會住在有南十字星的地方，我想我有一天會去住在Bedugul。」

Mr. Big Guy送來非常興奮的簡訊，「我會期待這天的到來。」

「也許那時候我們已經不在一起了。」雲開忍不住又開始悲觀起來，對於感情，她從來都缺乏自信。

Mr. Big Guy的簡訊停了一下才來，「小傢伙，感情的事情沒人可以預料，但是我們最好不要預設立場，誰知道呢？我跟妳說過也許我們可以走很長久的路呢，但是，眞正的結局卻沒有人可以意料，我認爲最好不要主動去製造問題。」

雲開思索了一下他的話，「我知道。」

Mr. Big Guy緊接著又問，「妳什麼時候去做下一次的檢查？」

「明天。」

「明天做完檢查要告訴我結果，好嗎？」Mr. Big Guy叮囑著。

雲開答應後便駕車返家。

返家途中想起月明，便有一種滿滿的情愫像要溢了出來，頭幾年，她與月明相依爲命的日子，雖然掛念著孩子，但總不像這一年來如此地牽腸掛肚，每次出差或離開月明幾天，總是讓雲開感到對孩子很歉疚，一直以爲自己不喜歡小孩的雲開明白了所謂母性的道理。

※

站在批價櫃檯前的雲開，手中捏著一疊等待批價的檢驗單，神情平靜地排隊等候著，May站在一旁陪伴著。

「陳醫師，我爸爸有打電話給您說我要來嗎？」進入診療室的雲開迎著陳醫師驚訝的眼神，便明白傅道連撥電話給陳醫師這件事情都忘記，心裡覺得些許的哀怨。

「哎喲，我們又不是不認識，不用妳爸爸打電話來啊，妳自己打給我就好了。來，告訴我妳怎麼了？」陳醫師一邊說著，一邊看著雲開先前的病歷。

「我在神經內科已經檢查頭痛超過兩個月了，可是一直都沒有最後結論，一直給我藥吃，但是藥並沒有效，所以希望陳醫師幫我看一下病歷，看看是不是可以有下一步的檢查或是不用再擔心。」

陳醫師很認眞地翻閱著病歷，「從頭到尾多久了？」

「我頭痛已經超過十年了，不過這次總共三個月了，幾乎每天都痛。」雲開平淡地說著，有時候她就是提不起勁來讓自己的情緒有點起伏。

陳醫師看著病歷跟技術師做的檢驗報告，不悅地說著，「這當然一定有something wrong，靜脈栓塞就要找出原因，才能做根本治療，頭骨長東西就要找出是什麼東西，沒關係，不要擔心，我們先來安排比較徹底的檢查，查出原因才能對症下藥，之前給妳的藥，妳先不要吃了，妳最近有什麼比較特別的症狀嗎？」

雲開想起自己有點情緒失控，「我不知道是因爲工作壓力太大，還是怎麼，我最近有過情緒比較失控的情況，一般而言，我都可以控制自己的情緒，可是我卻突然像爆發一樣地劈哩啪啦說一大堆話。」

陳醫師低頭在病歷上註載，並沒有多說什麼，「沒關係，我們盡量安排一下在一週內就把相關檢查做完。」轉頭對著護士說道，「先安排抽血，頭部X光檢查，全身骨骼掃描以及電腦斷層。」

「我以爲做完了MRI就已經很清楚了，還要做電腦斷層嗎？」雲開困惑地問著，對著自己相熟的醫師，終於可以發問所有的問題。

「是的，電腦斷層的掃描密度跟MRI不同。」陳醫師解釋著。

雲開付了錢拿著收據跟檢驗單安靜地走向檢驗大樓，旁邊的May思索著要說些什麼。

「妳幹嘛一臉嚴肅？」雲開轉頭看著她問道。

「沒有啊，就覺得前面那個醫師很離譜，浪費了妳那麼多時間。」

「現在有找到正確的醫師進行下一步就很好了，想想那些一點關係都沒有的人，就只能被一些醫師呼來喝去，我起碼還可以運用一點我爸的人脈找到人替我診斷。」

「可是妳爸不是也忘記替妳打電話？越想越離譜。」May氣呼呼地說著，她的家人總是互相關心互相照顧，雲開的家人對她來說其實全都像是異數一樣的詭異。

做完部分檢查後，「可是妳下週做的骨骼掃描跟電腦斷層我已經在大陸了，妳要找人陪妳喔。」May仔細研究著雲開手上那疊檢驗單。

雲開漫不經心地點點頭，找誰陪呢？母親一直都忙著照顧守禮，況且她一直也不是很習慣告訴別人自己的健康狀況，一下子還眞想不起來應該要找誰作伴。

「我是說眞的，」May看著雲開的態度又強調著，「做電腦斷層好像要注射顯影劑，聽說會不舒服，妳那天要記得別自己開車，知道嗎？一定要找人陪妳。」

「知道啦，妳比我媽還囉唆。」雲開笑著勾住May的手臂往前走，「肚子餓死了，被抽了一大堆血，我們去找東西吃吧。」

對著桌上的食物，雲開想起Mr. Big Guy，不禁向最要好的朋友坦承了在峇里島發生的事情。

May開心地連眼中都露出明顯的笑意，「眞的嗎？這樣很好啊。」她很清楚如果對方不是讓她很中意，依照雲開的個性是不可能會發生這樣的事情。

雲開嘆了口氣，「現在連檢查結果是怎樣都不知道，怎麼去面對這樣複雜的感情？而且，我如果眞怎麼了，月明怎麼辦呢？」

May緊張地敲敲桌子，「不要亂說啦。」

雲開看見自己隨便講講的一番話就讓好友緊張成這樣，便改了改話題，「不說了，別緊張。」

其實雲開對好友講的也一直都是自己最大的隱憂，獨力撫養孩子的她萬一有個意外，誰能給予月明同樣的照顧？

一週後，雲開仍然獨自前往醫院進行電腦斷層檢查，因爲不知道該請誰來作伴，其實也非常不習慣有人作伴的模式，然而她卻輕忽了May先前告訴她的情況，當天進行電腦斷層檢查後的雲開，由於注射顯影劑的關係，雲開吃足了苦頭，嘔吐得非常厲害，只能搭乘計程車直接返家休息。

返家途中，那種孤苦無依的感受又湧上心頭，忍不住發了簡訊給Mr. Big Guy，「是我，可以打電話給你嗎？」

Mr. Big Guy沒有回簡訊而是直接打電話給雲開，「怎麼了？妳今天不是做檢查嗎？」

雲開突然覺得自己最近的話題好像都是圍繞在自己做檢查這件事情上面，因此突然語塞了起來。

「小傢伙，妳還好吧？」Mr. Big Guy敏感地問著。

雲開頓了頓，「很累，我剛剛做完電腦斷層檢查，很不舒服。」

「妳自己一個人嗎？沒有人陪妳去嗎？妳現在在開車嗎？」Mr. Big Guy問了一連串的問題。

「嗯，自己一個人，但是我沒有開車，現在正坐計程車回家。」

「妳怎麼不找May陪妳呢？」

雲開苦笑了笑，「因爲她回去中國大陸工作了。」

「妳還好嗎？」

「剛才想要打電話給你，可是接通了卻又覺得自己有點無聊，最近我的話題似乎都繞著腦部檢查打轉，覺得連帶讓我身邊的人跟著擔心實在很過分。」

「妳有時候就是想太多，妳想講就講，為何需要有這麼多的顧慮呢？」

雲開突然間像是閃神一樣地停頓很久。

「小傢伙？妳還在嗎？」Mr. Big Guy非常困擾，隔著越洋電話，他沒有辦法確認雲開是因為心情不好保持沉默，還是因為身體不舒服沒有回答。

Mr. Big Guy叫了她幾次，她才回過神來，「對不起，我剛才有一點閃神。」

Mr. Big Guy聽了在那頭也沉默了，他知道這樣的情況也許並不單純，「看完報告要告訴我結果，知道嗎？」

雲開突然間又開始頭痛起來，「我頭又開始痛了，我想我要掛電話了，對不起。」

掛掉電話後的Mr. Big Guy注視著自己的手機螢幕發愣，到底會有多少倒楣的事情降臨在雲開身上呢？

坐在計程車上的雲開，頭痛欲裂又作嘔想吐，手機鈴聲又響起。

「雲開，妳爸爸又要選立委耶，現在正在召開記者會，妳在哪裡？」是一個在媒體界上班的朋友。

「我在車上，要去開會。」她始終還是不習慣告訴別人自己生病的事情，說謊好像比面對外界的關心要來得容易。

「拜託，這麼大的事情妳怎麼沒有去？」

雲開除了頭痛之外，心也開始痛起來，她早就被藍亭封殺在傳道的事務之外了，凡是有她出頭的機會，就會像枝床頭釘一樣地被敲下去，但是這種事情要怎麼讓外界了解？只是外揚的家醜罷了，於是她也只能揶揄自己說，「妳不知道我一直都是媒體級的嗎？總是看見媒體才知道我爸的事情。」

「哈哈哈哈，少鬼扯了，下次出來喝茶。」媒體朋友一點也不相信雲開說的，大家總以為雲開喜歡耍神祕，其實雲開卻是有苦說不出啊。

望著車窗外早出的那勾月色，那調皮的雙腳又掛在雲端上盪啊盪的，「不用看我，其實妳早就習慣也都明白這是怎麼一回事，那個Mr. Big Guy說得對，妳何必一直不肯放過自己呢？」

「我是想要放過自己啊，但是為何事情都不放過我？」雲開按著太陽穴為自己辯解著。

「是妳要放過妳自己，不是要別人放過妳，妳這輩子都會是傳道的女兒，這是妳永遠的宿命，妳怎麼也逃不掉的，除非妳自己不再去想。」

雲開呆呆地望著那勾新月，低頭看著自己的手機，頭痛跟嘔吐感再次排山倒海而來。

※

「妹啊，是我，有案子要找妳合作。」小堂哥傅大容隔了兩三天後打電話給雲開，他們已經好一陣子都沒有聯絡了，傅大容是個香港的中醫師，許多年前由於雲開到台南爲傅道輔選，辛苦作戰兩個月，每天早出晚歸爲兄妹倆奠定深厚的感情。

雲開的童年幾乎不知道還有傅家的親戚，白色恐怖的年代，只要家裡有人跟政治犯有關，幾乎就是要斷五親的下場，也鮮見有人來探視，雲開童年的經驗正是如此。

雲開幼時以爲只有陳家的親戚，等到傅道第一次當選立委後，她才知道原來傅家是個龐大的家族，當年視他們如蛇蠍的，現在完全接受傅道是親戚的事實，儘管有些是一表三千哩，單單講述關係也要描述半天，但這就是人生，眞眞實實的現實人生。

傅大容極力邀約的餐敘，推想也知道是爲了傅道的選舉，但是基於情誼，雲開仍然赴約了。

「妳工作是不是太累了？」傅大容一看見雲開立即關切地問著。

「嗯，養家活口不就是這樣嗎？」雲開不以爲然地笑笑，現實生活就是要靠她自己去賺錢養小孩，「有誰工作不累的嗎？」

傅大容觀察著她的臉色，「不要太過操勞，這樣妳會累垮的。」

「好啊，那就不要跟我說要我去幫我爸助選，免得我過度操勞。」雲開順勢就把話給講開了。

「妳這樣就把我的話都講完了，還怎麼玩下去啊？」傅大容打趣地說著。

「那就別說了，你不是不知道我的難處，他連參選記者會也沒有通知我，你也應該知道他們已經結婚了吧？」雲開淡淡地說著。

「他們結不結婚不關我們的事情，我知道藍亭跟妳合不來，但那個究竟是妳的爸爸，難道妳看著他落選都不幫忙嗎？妳自己就是做公關行銷的，妳不幫他，誰幫他？」

雲開苦苦地笑了，「問題是他並不覺得需要我幫忙，我何必熱臉貼人家冷屁股？」

「這次叔叔有跟三伯父講，說不要找妳幫忙，不想妳受到更大的傷害。」傅大容把自己聽到的話告訴雲開，以爲這樣可以使雲開了解傅道的用心，可是雲開卻哈哈大笑了。

「我爸爸那個人做事常常心不對口，你怎麼知道他那樣講的用意，不會只是爲了希望我都不要參與這次的輔選計畫？」

看見傅大容又要爲傅道辯解，雲開揚手制止他，「如果眞的是不想傷害我，就不應該用這種方式對我，你知道每個人問我選情我都答不出來有多尷尬嗎？我還要爲這種事情找理由，以免被外人發現我們父女之間其實很疏遠。」

「妳又不是不知道妳爸爸很不會處理這種事情，再怎麼樣也幫他這一次吧。」

雲開對於自己要面對這些事情實在感到很厭倦，爲什麼需要她不斷去告訴別人自己跟父親間有問題，如果不說明就會變成自己是個不孝女？

其實就算被誤會是不孝女有關係嗎？當年是江洋大盜的女兒都可以自在地存活下來，現在需要別人的肯定嗎？「他當選與否其實我都不會有一點好處，但是我也不想他落選，他落選了還能幹嘛？他落選了對我也同樣沒有好處，只是他這種處事態度讓人很難幫忙，」想起藍亭跟她之間的心結，「如果我幫忙了，只會讓你們更難做事，藍亭不喜歡我出頭，難道你不知道嗎？這些事情你們到底要搞多久才會懂？」雲開的頭又開始隱隱地抽痛起來。

「我也不希望妳進競選總部，我跟幾個堂兄弟姊妹會在外圍用家族的資源跟力量來協助，我們可以做組織催票，但是對於文宣我們完全沒辦法，需要妳的協助。」傅大容清楚說明他的想法。

雲開聽了就苦笑，這是什麼競選組織？選舉是非常世俗而需要團結力量共同前進的政治作戰，竟然還會有這種零零散散的作戰，但問題關鍵在哪裡呢？「我爸同意讓你們放手去做嗎？或者這又是你們一廂情願想要抯注你們的能力？」

「叔叔說可以啊，所以現在幾個堂兄弟姊妹以我哥爲首，妳也知道叔叔比較會相信我哥的話，所以我們就把準備好的資料交給哥去講就好了。」傅大容點起一支菸，呑雲吐霧起來。

雲開搖搖頭，「眞是亂七八糟的選舉。」

左側太陽穴的疼痛越來越劇烈，雲開只想要盡快結束這段擾人心扉的談話，「進總部是不可能的，我也不可能露臉去做任何事情，如果需要私下幫一點小忙我可以接受，文宣內容我也不要參與。」

傅大容知道雲開答應幫忙之後鬆了一口氣，整個人鬆懈了，看起來也輕鬆多了，雲開只覺得傅大容正在惹上麻煩卻一點也不自知。

她的加入，會給總部帶來多少麻煩？又會讓自己受怎樣的傷害呢？

雲開覺得自己又在犯同樣的錯誤，對於父親始終有著一點點的不捨，因此總是無法斷然拒絕來自傅道的任何要求，加上又是由傅大容來提出的，更加讓重情義的雲開難以逃離。

其實如果可以幫上忙，雲開很願意提供自己的意見及協助，只是她心知肚明事情不會如此順利，也許就陪他們走一次讓傅大容徹底死心也好。

「我要回去了，還要幫月明看功課，先走了。」雲開揉揉太陽穴站起身來。

「妹啊，不要太累。」傅大容叮囑著。

雲開點點頭便離開，心裡覺得有點可笑，傅大容正在要求她做的，不就是要耗費許多心力的差事嗎？其實工作本身並不複雜，眞正複雜的是人事間的鬥爭，而這也是在選舉期間最不應該出現的現象，可是每次傅道的選舉都會上演一次。

到底是誰的過錯？雲開心裡很清楚這只是因爲傅道的縱容所導致，所以誰也不能埋怨吧？明知傅道的弱點卻仍然願意幫忙，雲開長長的一聲嘆息，回到自己的車上，只想要趕快回家去看看心愛的女兒。

# 四

「妹啊，哥說開個會，中午有沒有空？一起吃個飯？」傅大容三天後打電話來。

「嗯，我只有一小時，後面要去別的地方開會。」雖然知道自己答應了就不能反悔，但是仍然對於即將要面對的事情感到很疲倦。

「好，在總部旁邊的餐廳吃飯，妳先到總部來找我。」

「直接約在餐廳就好了，我不想進去總部。」雲開知道傅大容始終都沒有搞清楚狀況，或是他錯估了一些情勢。

整個總部現在幾乎全都是藍亭的人手，許多應該來幫忙的全都被排擠在外，以傅道失敗過的經驗捲土重來，應該要重新人事布局，然而還是任由藍亭跟她的親信採用一些全無選戰資歷，抑或是沒有主見，完全只聽從藍亭指揮的人，對於捲土重來的傅道來說，實在是一件危險的事情。爲了避免引起不必要的爭端，雲開寧可選擇從頭到尾都不露面。

對她而言，她既不想從政，所以也無需邀功，只把這次的協助當成是做爲女兒最後的責任義務就好了。

中午時分，雲開跟兩位堂哥坐在總部旁邊的小餐廳裡面，她手上拿著兩張傅道最近的選戰文宣，上面只是寫著「寬恕，包容，請支持傅道。」以及傅道簡單的經歷，總不脫當年革命事件以及傅道為台灣獨立總共服刑數十年的描述。

「有什麼要我幫忙的？」雲開放下手上的文宣，先詢問兩位堂哥找她來的本意。

「第一是文宣有沒有什麼建議？第二是關於宣傳車，妳可以幫我們張羅宣傳車嗎？」

「不了，我只能提供一些跑腿的協助，其他的，還是讓藍亭她們去弄吧。」雲開猶豫了一下才又說，「不過如果我爸還可以請動一些專家學者的話，我覺得老人福利的東西應該寫一下，這是一個大律師前幾天跟我講的建議，我覺得很好，只是大家都沒有機會接近他提供好的建議。」

兩兄弟對望一眼，有共識暫時不要逼雲開太緊，以免她撒手不管，他們這邊就少了一個人，「那宣傳車的部分，妳可以幫我們張羅嗎？」

雲開猶豫了一下，「你們知道上次我爸的立委選舉，我被藍亭的朋友陷害的事情嗎？」

兩兄弟搖搖頭。

「上次我也是躲得遠遠的，免得被講閒話說我幫他張羅一些廣告的事情也賺了一大筆等等。」雲開無奈地說著。

「誰這樣講妳？」傅大易訝異地問著，「怎麼會講這麼難聽的話？」

「居心不良跟眼紅的大有人在，不過說到底，如果不是我爸讓大家清楚地感覺到我們父女間感情不親密，有誰這麼大膽敢造謠？」雲開苦笑地繼續往下講，「我當初只是引薦廠商給他們使用，結果藍亭的朋友連報價單也看不懂，最後硬是賴我有問題。」

雲開看見兩兄弟不解的眼神，便繼續說明，「廠商有個小計寫錯了，但是總金額是正確的，他們只看見那個寫錯的小地方，卻沒有發現總金額是正確的，便一直說寫錯的地方很貴，我幫他們跟廠商確認以總金額為主，沒想到他們還是不懂。」

「那為什麼妳會說妳被陷害了？那張報價單跟妳又沒有關係。」傅大容問道。

「我也覺得跟我一點關係都沒有，結果兩天後，我開車要去另外一個地方開會，在途中接到我爸的電話，他竟然說我串通外面的人要騙他的錢。」雲開澹然地說著，好像事不關己似的，其實當時的打擊讓她幾乎整個崩潰，只是事情也經過了兩年，再提也就只是這麼回事，就像現在向人提起她的婚姻一樣。

兩兄弟目瞪口呆地看著堂妹，不知道應該要如何為傅道辯解。

「我只是跟他說，他那些助理看不懂報價單不能怪我，事實上，那些報價單根本沒問題，誰知道我爸根本就聽不進去，只是一個勁兒用難聽話罵我，害我當場就哭了，還開車迷路呢，而且是在信義路那條大馬路上迷路喔。」雲開說到後面自己也苦笑地搖頭，「所以我後來就打電話給當時的競選總幹事，通知她我沒有辦法再幫忙，聽說她還跑去罵我爸。」雲開看著不知該說什麼的兩兄弟頓了頓說出最後的結論，「我想我最好還是不要涉入跟任何採購有關的事情。」

「這件事情我們會來處理，不會讓事情又重演，因爲總部也不方便出面，況且要他們去找車子我想也比登天還難，由外圍來處理比較快，也比較直接面對叔叔，如何？這事情不用經過總部，不會經過那邊的人。」傅大易保證地說著。

雲開不可思議地看著兩兄弟，「事情沒有你們想得那麼簡單，同時，不用經過總部的決議，那會是怎樣的一個決議跟選戰機制呢？這樣做不覺得很可笑嗎？」

雲開的手機傳來簡訊，Mr. Big Guy關切著今天是否應該知道腦部檢查的結果，知道有人隔著遙遠的距離關心自己，心情不禁溫暖起來，簡單地回覆他，「開會中，等會兒去看報告。」

「妹啊，妳很清楚總部那些人，有些認眞做事的人沒有決定權，有決定權的都不要負責任，所以才需要發動家族的力量來輔選。」傅大容等雲開看完手機才開口解釋著。

雲開嗤之以鼻，「不要跟我說什麼家族的力量，我聽到家族兩個字就想吐，當年怎麼沒見到這些人來協助我們？笑死人了，現在全都是一家人了。」

「妹啊，不要這樣，人就是這麼現實的。」傅大容勸著雲開。

「是啊，不管怎樣，難道看著妳爸爸落選都不幫忙嗎？」傅大易繼續用著柔性勸說，「還是幫我們張羅一下宣傳車的事情吧，我不會讓藍亭介入的。」

雲開看著天真的堂哥，聳聳肩，「就只有這件事情，其餘的別再跟我說，但是你們準備收拾殘局吧。」

兩兄弟鬆口氣地笑了，「不會的啦。」

雲開無所謂地挑眉，「你們想得太簡單了，不過，就這樣吧，我還有別的會要開。」說罷便站起身來準備離去。

「妹啊，要六台車，跑最後一個星期。」傅大容交代著。

雲開只是點點頭就走了。

回到車上，雲開先打電話給辦公室的助理，請她開始找宣傳車，自己便駕著車子前往醫院，藉著等待紅燈的機會，雲開稍微閉上眼睛，太陽穴正隱隱地鼓動著，似乎快要忘記完全沒有頭痛是什麼感覺了。

※

雲開戴著MP3隨身聽，聽著巴哈〈無伴奏大提琴曲〉坐在醫院樓下的咖啡店，雖然身處熱鬧人群之中，雲開卻感覺非常孤單，儘管大提琴的聲音充滿耳際，然而與醫師的對話仍然穿透樂音而來。

原定跟陳醫師見面的時間被延後了兩小時，雲開忐忑地去到陳醫師的診療室，已經過了候診時間，診間外面已經沒有病人，敲敲門進去，看見除陳醫師以外還有另外一位中年醫師，她的心不禁揪了起來。

「雲開，這是神經外科的王醫師。」陳醫師介紹著，雲開聽見神經外科的醫師也在，心頭一驚。

王醫師對雲開點點頭，「傅小姐，我們發現妳左邊顳葉的地方長了個瘤。」

診療室裡面頓時沉默了數秒鐘，雲開才開口問道，「我們要處理它嗎？」

「儘管是個良性瘤，最好還是要處理。」

「這樣的手術有危險性嗎？」

「傅小姐，現在醫學很進步，但是無論如何還是有一定的風險。」

「風險很大嗎？」

「拿掉腫瘤本身問題不大，風險是存在於手術的過程，有時候跟病人本身的體質有關。」

「您是說做完手術後變成植物人再也醒不過來嗎？」

「這種機率很低，但，是的，做完手術後有些人很快醒來，也有些人會陷入長期昏迷。」

「我有多久的時間可以考慮呢?」

「要盡快，趁著腫瘤更大之前處理會更好，妳應該趕快跟家人商量一下。」

雲開轉頭看看陳醫師，他加油打氣似地安慰她，「雲開，放心，現在的醫學技術眞的很進步，妳這個眞的只是小手術而已。」

雲開點點頭，「我知道，我想一下。」

眼前的咖啡杯飄著沉靜的香味，跟家人商量?跟誰?雲開的心低低迷迷。

雲開轉頭看向窗外，計程車上上下下都是來醫院看診的民眾，絕大多數都有人陪伴，互相攙扶著，而她自己呢?月明怎麼辦呢?萬一眞的陷入昏迷?她撥了電話回家，電話那頭傳來月明稚嫩的聲音，「喂?」

雲開聽見月明的聲音，眼淚不禁衝了上來，一下子講不出話來。

「喂?找誰?」月明的聲音再次傳來。

「寶貝，是媽咪。」雲開強忍著淚水叫喚著心愛的女兒。

「媽咪，我功課寫完了，現在在看電視。」剛上小學的月明其實並不是非常適應小學的生活。之前月明就讀的是美式的幼稚園，作風開放也沒有作業，上了一般公立小學之後，月明起先不能明白爲何需要每天寫作業。

剛開始的時候，月明每天都要賴地要等雲開回到家，才心不甘情不願地開始寫功課，那段時間對雲開兩母女是非常困難的適應期，每天雲開精疲力盡地回到家已經九點，原本該是月明上床睡覺的時間，卻才剛要寫功課，爲此，月明曾經被雲開苛責過，也被她處罰過。

每次處罰完月明，雲開總是躲回自己的房間傷心地掉眼淚，其實她知道這是她的問題，並不是月明的錯，是自己工作太忙，沒有辦法像其他小孩的母親準時回家陪小孩做功課，又怎麼能苛責月明呢？

就在雲開準備在家裡也架設視訊系統來督促月明做功課之前，月明卻突然像是開竅了一樣，每天一回家就先把功課做完才去看電視，彷彿終於了解到她的家庭不同於其他正常的家庭，因爲只有母親賺錢養家跟照顧她，也變得更加懂事獨立起來。

月明本來就是個獨立的孩子，現在成長得非常懂事，讓雲開在困頓的生活環境中增加了往下走的力量。

「這麼棒喔，我今天晚上會早一點回家陪妳吃飯喔。」雲開擠出愉快的聲音說道。

「媽咪，要記得買麵包喔，明天的早餐吃完了。」雲開深愛著月明甜甜的聲音。

「但是妳早上應該要先吃一點稀飯，這樣可以保護氣管減少咳嗽喔。」雲開交代著，月明從一出生就被診斷有先天性心臟病：「肺動脈瓣膜狹窄」以及「二尖瓣膜閉鎖不全」，並且在一出生就進行心導管擴張術。

這一生，雲開都將記得那段艱辛的路，推著月明的小手術床，只是短短的幾步路，走起來卻像是要跨越半個地球一樣的遙遠。手術室的門一滑開，裡面超強的冷氣撲面而來，舉目望去全都是銀色的金屬製品，雲開的心更加冰冷而疼痛，看著躺在手術床上的小月明因爲麻醉藥劑昏昏沉沉地入睡，雲開再也忍不住地落下淚。

傅道當時剛出獄沒幾年，也已經貴爲立法委員，因此月明在醫院受到非常好的照顧，傅道雖不知道如何做好雲開兩姊妹的父親，卻比較容易做好月明的外祖父。

在雲開的公公一家人都未曾踏足醫院關切的情況下，傅道知道月明緊急做心導管手術，撇下與國會議員的重要會面，兼程從日本趕回台灣，在她手術的當天下午趕到醫院探視，並親自請託教授與主治醫師多加關照外孫女。

由於過了會客時間，傅道出現在嬰兒重症加護病房，無疑地引起一陣騷動，雲開母女的身分也就全面地曝光，對於雲開來說，有一個父親如傅道，其實是非常沉重的壓力，但是由於月明的心臟病，她也徹底了解到在醫院其實是一個非常講究人脈關係的地方，她也首次感謝父親的特殊身分，讓自己的女兒可以得到妥善的照顧。

但是如果連生病都要分貧富貴賤，台灣會沉淪到怎樣的地步？

這次雲開自己的頭痛更讓她徹底了解這點，原來沒有人脈關係，任何人都有可能像是一隻白老鼠一樣被實驗著，這樣說來也許並不公平，或許應該是端視醫師的醫德來決定病人的權利。

雲開向來都喜歡給小醫師看診，因爲覺得他們比較親切，但也許有些時候並不盡然是親切可以決定的。

耳機裡傳來更多的巴哈，雲開的心情低低沉沉地進行著，有時候這就像是一種自虐的懲罰，雲開向來有一套自己設定的調整自我的規則，讓心情沉澱至最低的角落，還能有更壞的情況嗎？然後便再次振作重新出發。

這種方式或許並不適合每個人，卻獨獨對雲開有用，只是單純地面對自己的痛苦，而不是假裝一切都沒有發生，殘酷地讓自己知道所面對的是什麼，該怎麼面對，後續又會如何，這是雲開一路走來自救的方法，或許也是造成她狀似過度堅強的原因。

「媽咪，還要買小番茄喔，家裡的吃完了。」月明又交代一句。

「知道了，小寶貝，晚上一起吃飯喔。」雲開掛掉手機，很想打電話給Mr. Big Guy，但是說些什麼呢？突然萌生的情愫，原本就不屬於自己的男人，告訴他這些又能如何呢？自己會不會更加陷入依賴的深淵呢？

她按下長長的國際電話號碼，嘟嘟的響聲持續不斷。

「喂？」

「May，是我。」雲開只能撥給最好的朋友，其餘的什麼也不能做。

「怎樣？妳檢查都做完沒有？看報告沒？」May一連串地問著。

「已經轉診到神經外科了。」

電話那頭愣了一下，「神經外科？確定有東西要做手術嗎？」

「嗯，左邊顳葉長了腫瘤，要開刀。」雲開的聲音又冷靜到像是在描述一段事不關己的場景。

「一定要做手術嗎？」May憂慮地問著，「什麼時候？」

「醫生說應該要盡快。」

「那現在妳決定怎麼辦？妳家人知道了沒？」

雲開頓了頓，「他們還不知道，我也還沒決定。」

「爲什麼？醫生不是說應該要盡快嗎？」

雲開沉默了。

「雲開？妳有沒有聽我說？」May在那頭的聲音漸趨緊張。

「我聽見了，但是我還沒準備好。」雲開的語氣恢復眞實的低落情緒。

「可是，我以爲妳經過這麼長的檢查期，心理已經做好準備了。」

「我知道，但是我還沒有準備好月明的未來，我得要再想一想。」

May再次愣住，「月明的未來？妳的手術有這麼大的風險嗎？」

「醫生說因人而異，有些人完全沒事，有些人卻可能永遠昏迷，我覺得我一直都是運氣不好的人，我得要把月明的未來準備一下，妳知道的，我跟家人之間一直都不是眞正那麼親密，萬一我眞的怎麼了，我不想把月明交給我父親，至於我母親跟我姊姊也不用說了，我母親要照顧我姊姊跟她的兩個兒子已經夠辛苦，他們又經常吵吵鬧鬧，我不想月明在那種環境下長大，而月明的父親早就消失很久了。」雲開的聲音低低地傳進May的耳朵裡，好友頓時也不知如何回應。

半晌，「給我啊，我是月明的乾媽，我會照顧月明，妳忘記以前我們就講好的嗎？萬一我們怎麼了，都一定要照顧對方的孩子嗎？交給我啊。」May說著哭了起來。

雲開沉默了，眼淚泛上眼眶。

半晌之後，雲開才說，「謝啦，我會去找律師把我的保險金做信託，設定妳跟律師做管理人，妳哪時回來？我們得要再談一下我對月明未來的計畫。」

May還是哽咽著，「我跟Jack講一下，訂張機票就回去。」

「好，謝了。我想帶月明出國去玩一下，給她請個幾天假。」雲開的聲音聽起來還是一點溫度都沒有。

「妳不會有事的啦。」May的鼻音濃濃地強調著。

「我知道。」雲開只是簡單地回答著，不然該怎麼說呢？

掛上電話的雲開，還沒有準備好面對自己的女兒，只是繼續在咖啡店呆坐著，心裡充斥著不知該如何面對月明的未來，她一點都無法想像，月明沒有自己照顧她，生活將會變成怎樣？思索至此，整個心頭糾結成團。

雲開駕車返家途中，手機響起。

「雲開，陳醫師剛才來找我。」傅道低沉的嗓音傳來。

「嗯。」雲開只是簡單的回應，說穿了也不知道應該說什麼。

「陳醫師說這是小手術，不用擔心，應該要盡快進行。」

「我知道。」雲開只是這樣回應著，但是不擔心？可能嗎？萬一眞有萬一的時候，誰來照顧月明呢？她發現竟然無人可託付，人生怎麼會走到這麼悲情的地步呢？

電話裡尷尬的父女又陷入無聲的沉默，半晌，聽到傅道乾咳一聲，「總之，不要擔心，陳醫師會協助妳的。」

雲開還是那句話，「我知道。」

原本應該很有發展性的一通電話，還是在彼此難以軟化的氣氛下結束。

看著掛上的手機，雲開輕嘆了一口氣，她一點也不知道自己要什麼，眞的，她只想要有個簡單的家庭，有負責任的父親跟丈夫，有心愛的女兒，也許奢侈一點，不用有這麼多的煩惱跟壓力，不過，這畢竟是奢侈的幻想吧，雲開很清楚，這一輩子都不會有這麼一天。

不知道是因爲知道長了顆腦瘤，還是眞的又開始發作，雲開的頭又開始痛起來。

手機再次響起，助理來電報告著宣傳車的進度。

她撥電話給傅大容，告訴他宣傳車的狀況。

「要付訂金嗎？」傅大容問道，「這筆錢已經找到金主來出了。」

「原則上由於這是選舉廣告，車商一般會要求先收五成訂金，尾款在投票前一天要付清。」

傅大容很肯定地告訴雲開，「沒問題的，妳放心。」

「我後天有個活動在縣政府舉辦一整天，明天進場布置，很忙，忙完再跟你算，我會先支應這筆費用，不過你今天必須要跟我確認是否可以執行。」

「我等一下就跟妳確認。」

雲開掛上電話，長長地嘆口氣，停在十字路口前的號誌燈下，覺得無比的沉重。

夕陽稍離，新月即出，今天的月亮好圓。

「妳想太多了。」那輪月亮坐在雲端上瞅著她，「妳擔心自己的身體跟妳女兒都已經擔心不完了，還去理睬妳父親的選舉。」

雲開搖搖頭，「最後一次了吧。」

月亮不屑地看著她，「妳就被人吃得死死的，不管他們怎麼對妳，只要他們對妳好一點點，妳就會忘記那些不好的事情，又跑去幫人家，然後又把自己氣死。」

雲開沉默不語，手機又再度響起，是Mr. Big Guy的簡訊。

「Sweetie，檢查結果怎樣呢？」他問著。

雲開不知道應該要回答什麼，很猶豫，沒有在第一時間回應這個簡訊，原來對關心自己的人宣布這種消息是如此的困難。

一段時間之後，Mr. Big Guy又再次傳來簡訊，「妳在忙嗎？晚一點告訴我檢查結果好嗎？」

將車子停好，揹起袋子準備坐電梯回家的雲開，開始打起簡訊來，「沒事，醫師說只是壓力太大。」雲開不由自主地說起謊來，連她自己也不明白為何不能坦白對Mr. Big Guy說，是因為他們之間已不再單純嗎？自己為何不能坦白？她不知道，只是很快地將簡訊發出去，好像這樣就可以造成無法改變的事實一樣。

「只是壓力太大，為何會每天頭痛成這種樣子呢？妳上次還情緒失控，那不是頭痛造成的嗎？我不認為那是妳自己情緒失控，妳在忙嗎？我可以打電話給妳嗎？」

雲開嘆口氣，回答他，「正在忙。」雲開知道自己無法在此刻面對他的追問。

「好吧，那麼晚一點妳忙完給我簡訊，我打電話給妳。」

雲開只是答應他，卻知道今晚永遠都不可能告訴他可以談這件事情了。

回到家，看見月明快樂地迎接著自己，心中又喜又悲，如果真是需要做手術，月明怎麼辦呢？腦部手術的風險她大約知道，可能會一路昏睡再也醒不過來，那月明怎麼辦呢？

陪月明吃過晚飯一起複習功課完的雲開，躲回自己的房間練習大提琴，一首〈米隆加舞曲的悲傷〉讓她忍不住地哭出來。

月明突然推門進來，發現雲開在哭，「媽咪，妳怎麼在哭？」

雲開擦乾眼淚，「沒事，媽咪只是心情不好。」

「媽咪，月明很乖啊，我都有把功課做完，妳不要心情不好。」月明是個非常敏感的孩子，說說也跟著哭起來。

「我知道，月明很棒，月明是媽咪的心肝寶貝。」雲開放下大提琴，將月明緊緊地摟進懷裡，知道自己無論如何也要走過這一關。

※

第二天，雲開如常地去上班，同事也都沒有發現雲開忐忑的情緒，一進到辦公室，打開電腦，難得地看見Mr. Big Guy也在網路上面，迅速地將他封鎖起來，因為還不知道怎麼面對最關心自己的人。

但是雲開的手機隨即響起，果然是Mr. Big Guy，「小傢伙，剛才妳有上線嗎？」

「是的，不過我現在要去開會了。」雲開又開始對他說謊。

「忙完我們通個電話，OK？」

雲開口是心非地答應了他，明知道自己做不到而感到難過，想起他上次熱情的擁抱與撫慰，多希望現在不是獨自面對這個困境。

半小時後，傅大容打電話來，「對不起，妹啊，我們如果要增加成十二台車子有可能嗎？」

雲開心頭不祥的預感迅速升起，「可以問問看，但，是誰決定要增加的？」

傅大容猶豫了一下，「競選總幹事。」聲音聽起來有點心虛。

「我不懂，不是說這件事情不用經過競選總部嗎？」雲開明知道這是一定會發生的事情，但是仍然要傅大容承認自己錯估情勢的事實。

「是妳爸爸的意思，因爲這筆錢又說要總部出，所以得讓總幹事知道。」

雲開嗤之以鼻地笑笑，「沒關係，我可以幫忙再問一下，不過這件事情會搞砸的，本來就應該讓總幹事知道這些事情，但是這樣翻來覆去很容易出狀況。」

「不會啦，妳不要這樣想。」

「沒關係，我會問一下，晚一點告訴你消息。」雲開的頭又開始痛起來，不想再浪費精力跟堂哥辯一些不爭的事實。

「妹啊，叔叔有說陳醫師講妳長腦瘤的事情，放心啦，可以處理的。」傅大容臨掛電話前還是安慰了一下堂妹。

「嗯，我晚一點再給你電話。」

雲開掛上電話走到外面的辦公室跟助理說還要增加六輛車，助理面有難色地答應。

「我知道車子很難找，如果一家不行，就分開跟兩家各訂六台車。」雲開知道助理不懂選舉，只是不熟練這樣的事務而不是想偷懶不做，雲開一直很慶幸請到這位值得信任的助理。

稍晚當雲開向傅大容回覆找齊十二台車時，競選總部又說要增加十天。

「你們到底可不可以一次搞定？你們眞以爲車子好找嗎？」雲開開始不耐煩起來，因爲已經是可以預期到結果，「文宣的事情有進一步的發展嗎？」

傅大容支吾其詞地回答著，「他們說會認眞考慮。」

雲開不屑地笑笑，「等考慮完，選舉應該也已經結束了吧？」

「不要這樣說，不會這麼嚴重的。」傅大容安慰雲開說道，「增加十天的事情就拜託妳囉。」

「嗯，明天告訴你結果。」雲開再次覺得自己實在愚蠢至極才會答應涉入這次的選舉事務，其實頂多也就是被人再次認爲自己是超級不孝女而已，何必爲了這樣一點小事又自投羅網呢？

她可以想見助理知道要增加爲十七天時有多驚訝，「這種事情是可以這樣變來變去的嗎？我以爲大家應該是一開始就商量好的。」助理不解地詢問著。

雲開只是笑笑，「大概是現在比較有預算了吧。」除此之外，難道讓雲開告訴助理，傳道身邊經常都是一群奇怪的人在做事嗎？對於一直在商界工作的一般人來說，這樣的反覆實在是非常要不得的，但是雲開能說什麼呢？

「老闆，妳昨天不是去看檢查報告？」與雲開同年的助理關心地問道。

雲開點點頭，向她示意進去辦公室再說。

雲開等助理關上門才說，「這件事情妳知道就好了，我長了一顆腦瘤，需要做手術。」

助理聽了臉色一凜，「什麼時候？」

雲開聳聳肩，「我還沒決定。」

助理像是下定決心要坦白似地跟雲開說著，「妳摸摸我的頭。」她指著左邊的頭部，請雲開觸摸。

雲開一摸發現那裡很明顯有塊凹陷，「妳怎麼了？」

助理拉著雲開坐下來，「我還在讀高中的時候，下公車被摩托車撞到，開了三次刀，還在加護病房昏迷了一個月。」

雲開裝著若無其事的模樣，「可是妳現在復原得很好吧？」

「我不是要嚇妳，只是要跟妳說，明天要問清楚醫生，因爲腦部手術實在很複雜，一不小心……」助理生怕犯忌諱不敢再往下說。

「我知道妳的意思，謝謝妳，醫生已經告訴我這種可能性了，所以我會考慮一下手術的事情。」雲開雖然心中更加忐忑不安，還是非常感激助理的好意，「宣傳車的事情，就麻煩妳繼續跟了。」

「我會的，妳今天要不要早點回去休息？」

雲開點點頭，「我弄完這些要開立的支票就走了。」

「好，宣傳車有任何消息我會隨時告訴妳的。」助理強調地說著。

雲開心裡惦念著月明，不由自主地胡思亂想起來，「果眞有事，月明到底要託付給誰？爲什麼我連要找個人託付都這麼困難？」

心情忍不住又哀傷起來，雲開眨眨眼睛，不想眼淚又這樣掉下來，「我到底是怎麼了？最近怎麼這麼愛哭呢？我當然一定不能有事，不然月明怎麼辦呢？」想到助理說過她曾經昏迷過一個月，雲開不禁打了個寒顫，趕緊甩開這個念頭。

半小時後助理來敲門，「雲開，宣傳車都好了，十七天沒有問題，但是老闆們都要求要先收錢。」

「我知道，選舉廣告都是這樣的，他們很怕候選人選輸了不付錢，所以都要收在前面。」雲開解釋著。

「那就等妳跟總部說好，我再跟廠商確認。」

雲開望著助理關上辦公室的門，半晌回到電腦螢幕上面，Mr. Big Guy仍然掛在網上，雲開好想解除封鎖告訴他實情，好想有個人可以依靠，把一切重擔都丟給他，但是，那是她的男人嗎？

雲開一把關上電腦，拿起桌上的鑰匙，走到外面跟助理說要先行離去。

助理帶著憂慮的眼神目送著雲開的離去，她從青春時代就生病，求學就業並不是非常順遂，遇到雲開是她的轉捩點，同樣是單親家庭並且同年的雲開，對著人生比自己有著更堅強的意志力，許多次自己以爲跟不上雲開的腳步想要求去，雲開總是一次又一次地鼓勵她，並且信任她，讓她對自己的信心也重新回復，佛家不是都說好人是會有好報的嗎？怎麼雲開卻要面臨這麼多的問題呢？

雲開一邊撥打手機一邊走向自己的車子，「哥，是我。宣傳車十七天沒問題了，確定要嗎？」

傅大容開心地說著，「眞的嗎？我等一會兒報告一下，就回電給妳。」

雲開掛上手機回到車上，車子開出停車場，外面的陽光好刺眼，可是她的心情卻相對陰霾。

沒有幾分鐘，傅大容又打電話來通知總部決定仍然只要七天的宣傳車。對著充滿歉意語氣的傅大容，雲開只是嘆了口氣，「隨便吧，那我就通知廠商了。」

雲開尷尬地通知完驚呼連連的助理後，無奈地繼續駕車返家。

回到家後看見月明，雲開整個心情突然失控，她緊緊地抱著月明，又摟又親，不明所以的月明熱情地回應著母親的懷抱，「媽咪，妳今天好早就回來喔。」

「是啊，因爲媽咪很想妳啊。」雲開強抑著即將崩潰的心情，「作業寫完了嗎？」

「嗯，寫完了。」月明撒嬌地坐在雲開的腿上，「媽咪，今天班上同學有人帶了一個天鵝湖芭比到學校喔，好漂亮喔，」月明猶豫地問著，「媽咪，我們可以買嗎？」

雲開摟著女兒，清楚地聽見她小小心靈的渴望，「但妳不是有胡桃鉗芭比了嗎？」

「是啊，」月明一臉的悵然，知道自己不應該亂要玩具，「但是天鵝湖芭比也很漂亮。」聲音越講越小聲。

看著女兒的渴望，想起自己的身體，不知道還有多少機會親自滿足月明的心願，儘管她平日並不會隨意答應月明在玩具上的需求，此時只覺得何妨放縱一下呢？也許機會再也不多了呢。

「好，妳現在去換衣服，我們去百貨公司買天鵝湖芭比。」雲開在月明臉上親吻一下，用著輕快的語氣說著。

「眞的？」月明驚訝地看著母親，母親從小就教育她每次去百貨公司只能挑選一樣玩具，也養成了她對於物件的選擇性上有了優先順序的概念，但是母親竟然立刻就答應了帶她去買新玩具則是前所未有的經驗，尤其是因爲班上同學有，讓她也想擁有的虛榮心所提出的需求。

「因爲妳最近都很乖，自己寫作業，沒有讓我操心，所以買一個禮物給妳。」雲開總是一定要讓每件事情都合理化才能安心。

月明跳下雲開的膝蓋，蹦蹦跳跳地跑回房間去換衣服，雲開望著女兒雀躍的腳步又悲又喜。

坐在車上的月明喜孜孜地像是小鳥嘰嘰喳喳，平日遇到頭痛的時候，雲開會稍加制止女兒的聒噪，此刻儘管頭痛仍然，雲開卻不忍壓抑女兒的興奮。

原本高高興興的月明突然又猶豫地問著雲開，「媽咪，天鵝湖芭比是不是很貴？」

雲開聳聳肩，「不知道，芭比不是一直都很貴嗎？」

「媽咪，我們還有錢可以買天鵝湖芭比嗎？」月明切切地問著，語氣讓雲開好心疼。

「有啊，我們現在不就要去百貨公司買天鵝湖芭比了嗎？」雲開略略轉過頭去看見月明的臉龐由憂慮一轉而爲興奮，心裡對於孩子的愧疚難以形容。

月明自小跟著她，一歲後就再也沒有經過完整的家庭生活，若非南北流浪，便是跟著雲開時，白天都在褓母家，下班時才跟著雲開回家。等到月明稍大上了幼稚園，雲開特地挑在距離公司近的地方，每天傍晚下課後，校車總會將月明送到雲開辦公室，然後等著母親忙完一起回家。

月明一直都不像其他小孩有著普通的家居生活，她總是要等著母親，回到家總是很晚了，遇到母親有應酬的夜晚，還要到母親朋友家去做客，等候母親。

因此，對於月明幼小的心靈來說，她很早很早就體認到每個人都是要辛苦工作賺錢才有飯吃，才有玩具可以買，所以也要常常忍受母親不在身邊的寂寞，等候母親也成爲一種習慣。或許也因爲這樣的寂寞，月明很早便展露了在繪畫上面的藝術天分，每天她畫非常多的圖，每天晚上，雲開檢視月明的圖畫，便可以知道月明這天的生活，以及她的心情。

常常，她從月明的畫裡面看見了寂寞，看見了月明對於愛的渴望，雲開也看見了自己的眼淚。

有時候月明會告訴雲開，羡慕思露可以有大房子住，有大車子開，也會告訴雲開，藍亭都可以不用上班在家裡陪她們，每次這樣的話都讓雲開很痛，她知道她虧欠孩子太多，但是，這就是她們兩母女的人生啊，她現在一直努力在做的，也是希望可以讓月明擁有更多的愛與相處時間。

每個星期五的下午，雲開總是盡可能排除掉所有的會議，中午就回家帶月明出來市區滑直排輪，晚上帶她去雲門舞蹈教室跳舞，然後跳完舞兩母女就會一起買爆米花跟飲料去看場電影，最後才一起開車回家，兩母女一直很享受這樣固定的週五時光。

但是，這樣的週五時光，還會有嗎？

手機的鈴聲打斷雲開的悲情，是傅道的電話。

「妳決定好要做手術了嗎？」

雲開聽不出來父親的語氣裡面有沒有一點擔心的成分，也只是簡單的回應，「還沒。」

「王醫師說最好要盡快做手術，只是小手術，沒什麼好擔心的。」

「嗯。」雲開心裡苦笑著，問題是有了萬一時，誰來照顧月明呢？

「要盡快照醫師的安排去做手術，知道嗎？」傅道冷靜的口吻，像極了雲開平日的態度，父女基因眞是不可忽視的嗎？

「嗯。」不知道爲什麼，雲開也很難對傅道坦承自己心裡最大的隱憂，彷彿感覺到說了也是白說，或許一切都是雲開自己想太多，抑或是長期以來，傅道也疏於溝通的關係？

面對著雲開簡單的答覆，傅道也不知道自己應該怎麼表達感受，電話兩頭又陷入慣常有的沉默，幾秒鐘後，傅道乾咳了一聲，「我要去參加一個座談會了。」

「嗯，再見。」雲開簡單地說完就掛上電話，也進入了百貨公司的停車場。

牽著女兒的手，踏進常去的百貨公司，站在玩具樓層的走道上，等候月明去挑選芭比娃娃，雲開不由自主想到剛才傅道的電話，她其實也不知道自己期待傅道應該使用何種態度來面對她需要動手術的消息，但似乎不該是這樣冷靜的語氣，然而，如果連她自己都是用這樣的態度來告訴May，她又要期待什麼呢？

牽著女兒的手，另一手提著百貨公司的袋子，裡面裝著讓月明笑顏逐開的天鵝湖芭比，兩母女盪著手走回停車場開車回家。

是夜，躺在床上的雲開，腦袋裡面下意識地回憶著這一生，多少次面臨抉擇時，她總可以在最關鍵時刻無所畏懼，連提出離婚要求時，對於她和月明的未來也毫不遲疑，可是現在呢？

「那是因爲我知道自己會在月明身邊啊。」雲開內心深處輕輕地響起這句話。

雲開下床，走到月明的房間，看見她抱著天鵝湖芭比甜美地睡著，連臉上都還帶著笑意，她摸摸月明的臉頰，幫她拉好被子，像個遊魂似地回到自己的房間。

看見躺在床邊的手機，想起Mr. Big Guy，如果他知道了，會怎麼說呢？雲開搖搖頭，有什麼道理讓他憂慮自己的事情呢？

雲開將手機放回床邊，打開音響，聽著低沉大提琴的〈波麗路〉，記不得何時才昏沉沉地睡去。

但是是誰輕柔地撫摸著她冰冷的臉頰？那雙修長的大手好溫暖，帶著白麝香的味道。

雲開張開眼睛看見Mr. Big Guy坐在床邊，這是夢境嗎？「你怎麼會在這裡？」

Mr. Big Guy溫柔地看著她，「我來看妳啊，因爲妳都不理我，我很擔心妳，所以我得親自來確認妳是不是好好的。」

雲開從床上坐起來，頭又開始痛著，她伸出手撫摸著他大理石雕刻般的輪廓，手指微微地顫抖著，「我是在作夢嗎？你怎麼會在這裡？」

他將雲開拉進懷裡，「因爲妳需要我，所以我在這裡。」緊緊地擁抱著她瘦削的身體。

整個人依偎在白麝香的空氣中，他的體溫擾動著整個房間裡面的氣流，他的唇再次落在雲開的唇上跟充滿幽香的胴體上。

越過Mr. Big Guy的肩頭，她看見遠遠的櫻花樹下，長髮女子扭動著蛇腰，搖擺著臀部深深地含著那已漸漸老邁的男根，一手搓揉著自己豐盈而白皙的乳房，一手撥撩著自己的長髮呻吟著，慢慢地回過頭來對著雲開陰陰地笑著。

那雙眼睛讓雲開的頭痛劇烈起來，她掙扎著想要掉轉過頭，想要依偎進Mr. Big Guy的胸膛裡，卻發現雙手撲空，擁抱的只是空氣，清冷虛無。

雲開猛然張開眼睛，房間裡面漆黑一片，她眨眨眼睛適應著，感覺到裸露在被子外面的雙手冰冷而虛弱，她撫摸著Mr. Big Guy原本坐著的床畔，藉靠著落地窗外的月光，她轉過頭來從同樣的角度卻只看見牆邊立在原木琴座裡的大提琴，住在潮濕的北投，總是將琴小心收進琴盒裡面唯恐心愛的大提琴受潮，今晚太累而忘記，空盪盪的床畔原來只是夢一場，但是遙遠的那雙眼睛卻讓她全身冷顫。

※

「妹啊，不好意思，他們說又要變成十七天。」第二天，傅大容打電話來，充滿了歉意。

「是誰說要十七天的?」雲開相當無奈地問著。

傅大容猶豫好一會兒才說，「妳爸爸跟藍亭。」

「是我爸還是藍亭?」雲開追問著，覺得整件事情無聊至極，但，無聊的事情，是她還追問誰是主謀吧?!

「藍亭打電話來說的，我想也是妳爸爸的意思。」傅大容知道這與他先前所保證的已經截然不同。

「隨便，這是最後一次，如果還有廠商願意跟我們做，算你們運氣好，安排好這次之後我就都不管了。」雲開正要掛上電話，傅大容叫住她。

「妹啊，妳爸爸跟我說妳還沒有決定要做手術？」

「我還沒有決定。」雲開的語氣又變成事不關己的態度。

「爲什麼？妳現在在等什麼？」傅大容追問著。

雲開沉默半晌，爲什麼每個人好像都覺得她面對的是一個很簡單的問題？難道只是她自己想太多嗎？「我要安排一下月明的事情。」

「其實現在這種手術都很進步了，不要那麼擔心。」

「誰能保證都沒有一定的風險？你能嗎？月明的父親已經很久都沒有來看她了，你告訴我，如果有一點點意外，誰來照顧我女兒？我母親還是我父親？」雲開覺得這樣的爭論一點意義都沒有，也讓她感到很疲倦，「聯絡完廠商我再告訴你。」說完便把電話掛了。

下午，雲開打了電話給陳玟，「媽，醫生說我長了個腫瘤，要開刀。」

電話那頭的陳玟驚訝地說不出話來。

「沒事啦，過一陣子我才要做手術。」雲開每次面對母親總是這樣的安慰態度，或許是從十一歲之後便養成的習慣，總是要一個人負擔自己的事情。

「嚴不嚴重？可以拖到過一陣子才做手術嗎？」陳玟過了半晌才找回自己的聲音，「怎麼會這樣子？妳姊姊這樣，妳也這樣，我是做了什麼錯事嗎？」

「拜託，妳想太多了啦，醫生說做手術拿掉就好了。」雲開經常不明白，爲何自己可以用截然不同的態度面對陳玫跟守禮，在她們面前，她彷彿是一個疏遠而獨立的個體，似乎一點也不需要她們的關懷，或者是因爲雲開無法抹去童年的孤單記憶吧？

「妳爸爸知不知道？」陳玫想起什麼似地問道。

「知道。」雲開只是簡單地說著，就想把話題給帶開，「我打算下週帶月明出國去玩。」

陳玫又再次停頓了一下，直覺女兒有事情瞞著她，試探性地問道，「但是月明下週不是要上課嗎？」

雲開知道陳玫這樣問的意思，「我只是想要做手術之前帶她出去玩玩，我跟月明一直都沒有太多相處的機會。」

「妳不是說不嚴重嗎？」陳玫擔心地追問著。

「醫生說是小手術，不過誰知道？我只是想要帶月明出去玩玩。」面對母親的詢問，雲開硬是無法說出口憂慮萬一自己手術失敗後，沒有人照顧月明的事情。

雲開當然很清楚，自己如果說了，陳玫自然是義不容辭地表示會照顧月明，可是雲開卻一點也不想讓月明待在陳玫跟守禮經常爭吵的家裡。

「要不要我陪妳們去？」陳玫關切地問著，實則擔心女兒不知道在這種情況下獨自帶外孫女出國是否妥當。

「好啊，我要帶月明去洛杉磯玩，妳也一起去吧，我就一起幫妳訂機票跟飯店了。」雲開也想過自己陷在這種情況不知道能撐多久，母親願意一同前往自是再好不過了。

掛上電話之後，發現自己有多通未接電話皆是來自辦公室，便回撥給助理，知道約莫是要回報宣傳車的事情，雲開實在搞不懂，一件這麼簡單的事情，爲何會搞得這麼複雜？

雲開無奈地打電話給傅大容，「哥，十七天搞定了，不要再變更了，對方也要求要訂金，因爲你們實在太會變了。」

傅大容保證付款不會有問題，緊接著又向雲開提出新的要求，「妹啊，妳知道我幫妳爸爸找到前立委李信爲來擔任執行總幹事？」

「嗯。」雲開大概可以想到傅大容想要說什麼，「但是我不會涉入你們的業務，找完宣傳車就結束了。」

對於雲開的敏感與纖細，傅大容只能大大地嘆口氣，「不要這樣，給我一個面子，李信爲說要跟妳見個面。」

雲開堅決地回答他，「我已經說過了，我不會再幫其他忙，你知道我是爲你們好，如果我進了總部，藍亭也會想盡辦法要阻攔我，選舉是個群體合作的工作，不是鉤心鬥角的地方，如果明知道會踩中地雷又何必去冒險？」

傅大容一時之間也找不到其他話勸說，只能訕訕地說著，「好吧，我先去回報宣傳車的事情。」

掛上電話的雲開，頭又開始痛起來，是心理作用還是症狀就是這樣？每天都會記得要痛上很久？像是有人在她腦裡安裝了定時器，絕對不會錯過每次響鈴的機會。

雲開撥了電話到旅行社訂了機票跟飯店，開著車子前往天母的Starbucks，每天抽空前往該處寫點東西已經成爲最近的習慣，自從回頭開始寫作到現在已經幾個月了，每天心裡有那麼多的劇情要走，但總是被工作壓迫到緊繃，只能每天一大早起床，在上班前到Starbucks利用一到兩個小時的時間寫東西。

坐在咖啡香味裡面，戴著MP3隨身聽，聽著歌劇及大提琴，聞著濃烈的咖啡香味，抽痛的太陽穴似乎也漸漸地冷靜下來，她看著自己的筆記電腦螢幕，思緒沉溺在手術與月明之間，而Mr. Big Guy的臉也不時浮現。

發呆的雲開感覺到有人在戳著她的手臂，她驚醒過來，轉頭看著鄰桌的男子，只看見他的嘴唇一直在動，卻聽不見他的聲音，突然間當年的回憶又湧上心頭，台下上千位同學都在對她指指點點，可是她卻什麼都聽不見。

一晃神，鄰桌的男子伸手過來拿下雲開的耳機，Starbucks裡面熱鬧的講話聲，音樂聲以及濃烈的咖啡香味一下子全刺激了雲開的感官，像是神遊了一趟。

「小姐，妳的電話在響。」鄰桌男子將耳機還給雲開，指指雲開擱在長沙發上面的手機，不知道爲什麼，雲開注視著男子的手，腦海裡面跳出來一句，「好修長的手指，像Mr.

Big Guy的手。」只聽見自己喃喃地向對方道謝，便拿起手機，是藍亭的來電號碼。

雲開原想就直接掛斷，還是接了起來，聽見藍亭的聲音讓雲開很不舒服。

「喂？雲開？我是藍亭。」

「我知道，有什麼事情嗎？」雲開淡淡地說著，注意到鄰桌的男子似乎也在聆聽自己的電話內容。

「爲什麼其中有一家的廣告費比較貴？」藍亭問著。

「但是那家的車資比較便宜，加總起來比另外一家便宜很多。」雲開很意外會有如此愚蠢的問題，「每家做生意的方法不同，這家願意降車資，可是不願意降廣告製作費，廣告製作費只做一次，但是他十七天的車資比別人低。」彷彿藍亭跟她的朋友都看不懂報價單。

「但是別家的廣告製作費只有四千元，他卻要六千元，妳到底有沒有去殺價？還是有別的原因？」

雲開不屑的語氣也明顯起來，「如果妳是指我有沒有加錢在上面？」

「我當然不是那個意思，也許妳應該把電話號碼給我，我可以用妳公司的名義去跟他們殺價。」藍亭天方夜譚地說著。

雲開笑了起來，「第一，我們已經殺過價了，他已經是總價最便宜的；第二，我不可能讓妳用我公司的名義去殺價；第三，對方已經說了，現在大家都在搶車子，你們愛要不要都無所謂，因爲有很多人在排隊。」

「如果他不願意降低廣告製作費，那我就要取消這一家。」藍亭決定似地說著。

雲開不屑的語氣更加明顯，「我建議妳應該再仔細看一次報價單，除非妳看不懂報價單，不然妳正在砍掉最便宜的一家宣傳車，隨便妳，妳只要做好決定請大容告訴我就好了，我現在正在忙，再見了。」

雲開掛上電話，瞪著電話不敢相信會有人這麼自以爲是，爲何就不能讓專業人員來執行？一定得什麼都攬上身而且剛愎自用嗎?!

鄰桌的男子轉過頭來對雲開說話，「妳在幫人助選嗎？」

雲開笑著搖搖頭，「沒有，只是幫人家找宣傳車，不過這件事情也要結束了。」雲開頓了頓才說，「剛才很不好意思，我沒有聽見手機的聲音。」

鄰桌男子笑著搖搖頭，「沒關係，小事一件，我只是覺得有點困惑，我不是故意要偷聽妳講電話，因爲妳看起來像是個寫作的人，我注意到妳的電腦螢幕上面好像是小說？又聽到妳講選舉的事情所以很訝異，妳知道選舉跟寫作實在落差很大。」男子笑著露出一口潔白的牙齒。

雲開心情提振了一點，看著這個可能比自己稍長幾歲的男子，覺得有趣起來，這是一般男人跟女人搭訕的方法嗎？「第一，我寫小說，第二，我不參與選舉，但是因爲工作的關係，所以我可以協助他們處理一些廣告上面的事情。」

「妳不是專職寫作嗎？但是我常常看到妳在這裡，有時候早上有時候下午。」男子帶著開朗的笑容進一步地問著。

雲開搖搖頭，「我得要再多賺點錢，才能專職寫作，不然我女兒會餓死。」

男子愣了一下，「喔，妳有小孩啦？看起來不像。」男子明顯露出失望的神情，但是仍然保持著風度。

「呵呵，謝謝。」雲開不喜歡自己這樣，總是拒絕了所有的機會，但是她真的準備好去接受另一段感情嗎？或是自己一個人比較好？想到自己腦部的腫瘤，幾乎就要當著陌生人的面搖起頭來。

雲開的手機再次響起，化解了彼此間的失落氣氛，又是藍亭打來的。

「關於宣傳車的事情，就兩家都用，但是從現在我會處理後續的事情，麻煩妳把廠商的電話號碼給我，我會繼續跟他們討論付款事宜及廣告製作。」藍亭不論說什麼事情，總是一派理所當然的態度。

雲開不禁失笑，一切正如她所預料的，「付款事宜？已經都談好了，現在只剩下重新簽約，因爲日期改了又改。」

「沒關係，現在不用跟妳的公司簽，也不用跟總部簽，現在我會找一家贊助企業來跟他們簽。」

「妳這樣其實有點複雜，對廠商來說，簡單扼要是很重要的，妳可以告訴我是要找誰簽，我們會告知廠商，因爲他們要求我公司作爲窗口。」雲開其實一點也不想跟藍亭解釋這些事情，對於從未上過班的人，去解釋這些事情其實很無謂。

「怎麼會？難道他們不怕妳的公司，竟然會怕一間比妳公司大上好幾百倍的大企業？爲什麼不能給我廠商的電話？」藍亭理直氣壯地說著，一點也沒有想過自己講的話有多麼難聽。

雲開笑了，「當然可以給妳電話啊，如果妳喜歡這樣做就隨便妳了，不過電話明天我會請助理給妳。」從藍亭跟她朋友口中再難聽的話也都聽過了，何必在乎這一次？說穿了，要不是傅道跟她不親密，藍亭怎會如此大膽？

「爲什麼不能現在給我？」藍亭自以爲逮到把柄似地咄咄逼人。

「因爲這種事情我不用自己聯絡，要等明天上班問過助理之後，我才會有電話號碼，這樣妳明白嗎？」

掛斷電話的雲開覺得非常疲倦，雖然一切都跟她預料的一樣，但是仍然不免唏噓，藍亭這麼大膽也就是害怕她會藉此賺到錢，以及不希望傅道跟她感情和睦，雲開當然明白這是因爲藍亭沒有安全感的緣故。

「大哥，剛才藍亭打電話來。」雲開撥了電話給傳大易。

「她打電話給妳做什麼？」傳大易意外地問著。

「她打電話來說從現在開始宣傳車的事情由她接手，我都不必管。」雲開也懶得責怪堂哥們，這原本也就是一定會發生的事情。

「什麼意思叫做她要接手？」

「就是什麼都不用我管了，所以我現在只是打電話通知你，從現在開始宣傳車的事情我沒有辦法處理了，因爲對方話已經講得很難聽了，我再繼續介入只會像是我藉此賺錢，所以從現在開始我不再處理任何跟選舉有關的事情，我想你們也該死心了。」

「雲開，不要生氣。」傳大易趕緊安慰雲開，因爲他很清楚接下來其實還有很多事情要堂妹幫忙，對於藍亭打電話給她，傳大易覺得很意外。

雲開嘆了口氣，「我沒有生氣，我只是告訴你，把這件事情處理掉，不要再試圖找我協助你們，以前她在地下，大家都沒有辦法扳倒她，更何況現在她已經登堂入室？選舉是一個講求團結合作的工作，不要讓這種鉤心鬥角的事情一再上演，這樣只會消耗掉我爸的資源，只剩下不到一個月，百廢待舉，不要再浪費時間了。」雲開語重心長地講完便掛斷電話，看著螢幕發呆。

「小姐，我可以請教貴姓嗎？」鄰桌男子突然又對雲開講話，讓雲開很訝異，怎麼知道自己有小孩還不死心。

雲開轉頭注視著他，「人來人往，知道有意義嗎？」

男子大笑，「妳好，我姓杜，杜學義，室內設計師，單身，沒小孩。」直接伸出手來。

雲開看著他，不禁笑了出來，伸出手來握住他修長的手，好像Mr. Big Guy的手，腦海裡面再次閃進這個念頭，突然間好想念Mr. Big Guy，「你好，我是傅雲開，目前的職業是公關顧問，有一個女兒。」

男子眼睛一亮，「妳是傅道的女兒？」

雲開嘆了口氣，將手收回來，「是的。」

「妳別誤會，我是因爲聽見妳剛才的對話，而且妳是個作家，我曾經看過妳的書，但是妳太低調了，妳的書上竟然都沒有妳的照片，不過，雲開這個名字很特別，很難不記得。」

杜學義開朗地笑著。

雲開笑著點點頭，「我考慮過用筆名，不過後來還是算了。」

杜學義笑得別有用意，「而且我記得妳離婚了，有一本雜誌在專訪妳父親時，妳父親講的。」

雲開很訝異這個人記得這麼清楚，「抱歉，我只是分居中，還沒有離婚。」

說著，手機又響起，是傅大容，最近雲開的手機幾乎都被選舉的事情占據了。

「妹啊，李信爲跟徐應華都說要跟妳見個面，」傅大容頓了頓說，「不然我們就告訴他們妳生病了，這樣也許比較好一點。」

雲開的頭越來越痛，「再說吧，我頭很痛，我要休息了。」徐英華曾經在雲開的公關案上幫過忙，很難拒絕徐英華，但是答應了他，又怎麼推掉李信爲呢？自己的腦瘤都還沒有想到應該怎麼處理，以目前的身體狀況，怎麼負擔這些事情呢？

掛斷電話的雲開儲存了資料，收拾著電腦，故意不去看杜學義。

「傅小姐，妳身體不舒服嗎？」杜學義像是不放過她似的。

雲開低頭看著電腦袋子，頓了頓才抬起頭來，「還好，只是不想接電話，不過我要回去照顧小孩了，很高興認識你。」雲開站起來主動伸出手跟杜學義握手，「Bye Bye。」

「可以跟妳換張名片嗎？」杜學義攔住正要離開的雲開。

雲開猶豫了一下，何必這麼不近人情？最後笑了笑，拿出自己的名片跟杜學義交換。

杜學義握著雲開的名片，笑著揚揚手，「有空通電話好嗎？」

雲開嘆口氣擠出一絲笑容點點頭，頭痛越來越嚴重，她現在只想躺下來什麼都不用傷腦筋。

握著方向盤的雲開忍耐著頭痛，有種衝動想要打電話給Mr. Big Guy，可是要告訴他什麼呢？

像是心有靈犀似地，Mr. Big Guy送簡訊給雲開，「小傢伙，妳怎麼這麼多天都沒有消息？看完報告了嗎？」

雲開狠著心，握著手機告訴他，「因爲這幾天很忙，我沒事，報告還好。」

爲什麼她沒有辦法面對Mr. Big Guy說出事實？她眞正需要的是他的關心不是？爲什麼卻無法坦然面對他？

「那麼檢查結果到底是什麼？」

「鼻竇炎引起的頭痛。」雲開隨便找了個症狀搪塞他。

「但是怎麼會痛這麼久？」

「不知道。」

Mr. Big Guy過了一會兒才又發出下一封簡訊，「小傢伙，我只是很想關心妳，不是要造成妳的負擔。」

雲開瞪著手機螢幕掉下淚來，有些想要的關心難以獲得，不請自來的卻是自己無力處理的。

「我知道，我很需要你的關心，知道天涯海角有一個人一直關心著自己是很幸福的，謝謝你，眞的。」雲開止不住淚水，想起藍亭，想起傅道，想起遠在南半球的Mr. Big Guy，想起在家裡等她回家的月明，想起要做決定的手術，這一切實在太磨人。

「有什麼事情，要記得告訴我，ＯＫ？」Mr. Big Guy諄諄叮囑著，像是料準了雲開易於逃避感情的個性。

雲開幾乎就要全盤托出，但是自己還沒有決定要如何面對未來，怎麼告訴他？現在告訴他，豈不是只增加了他的負擔，有意義嗎？

# 五

雲開從來都沒有想過自己會眞正愛一個小孩，從小她一直獨來獨往，對於任何不能溝通的人事物都缺乏耐心，但是自從有了月明之後，她發現自己也可以很愛一個小孩，也許就現時來說，僅限於自己生的那個。

但是因爲怕自己手術失敗再也不能照顧月明，因而帶她出國去玩，又是截然不同的感受。

去洛杉磯的那個禮拜，陳玫一直心事重重，雲開也是，只有月明快樂地在迪士尼樂園以及環球影城玩了好幾天，雲開陪著她玩遍每一項遊樂器材，也讓陳玫爲她們留下許多美麗的照片。

月明一路上忙著爲雲開拍照，月明在繪畫上很早就展露了天分，攝影也是，雲開也總是由著她使用昂貴的數位器材並加以鼓勵。

返國的那天，陳玫終於忍不住地問她，「妳決定好去做手術沒有？」

雲開搖搖頭，「律師就快要弄好信託的事情了，過一陣子再說吧。」

「但是可以等這麼久嗎？」陳玟不敢說雲開近來臉色逐漸地蒼白，有時候就算她不提，陳玟也看得出來她在頭痛，但是這個女兒從小就獨立又很堅強，幾乎是從來不曾提過自己有任何病痛，現在忽然也不知道應該怎麼支持她。

「沒事的，我會跟醫生商量的。」雲開只是淡淡地說著。

陳玟嘆了口氣，一邊惦念著雲開，一邊又憂慮守禮的病情，「我離開家裡這麼多天了，得要回去看看妳姊姊，妳……」

「不用擔心我，我會跟醫生商量，然後再告訴妳手術的日期，妳也該回去了，不然大姊又要哇哇叫。」長期臥病在床的守禮非常依賴著陳玟，儘管兩個人像個冤家一樣每天吵吵鬧鬧，但畢竟是兩母女吧。

陳玟眼眶都紅了，伸手拭淚，「也不知道我們家是怎麼了。」

雲開看了於心不忍，一個這輩子都沒有享過福的可憐女人，「不要這樣，醫生說這只是一個小手術，是我自己多慮，妳不要這樣，好像我得了絕症一樣。」自己也忍不住紅了眼眶。

陳玟搖搖頭，「那我就先回高雄了，妳要記得跟我保持聯絡。」

雲開點點頭，在轉機處跟母親道別，繼續牽著月明的手向出境大廳走去。

「媽咪，阿媽爲什麼要哭？」月明搵著雲開的手問道。

「因爲要跟月明分開啊，阿媽很捨不得呀。」雲開安慰地說著。

「沒關係啊，阿媽不是可以常常來看我們嗎？」月明天眞地說著，另外一隻手上上下下地摸著自己斜揹的小背包，裡面放滿了這次到美國去購買的玩具。

「是啊。」雲開只是簡單地回答著，手裡緊緊地握著月明小小溫暖的手，這雙小手在不知不覺中已經變成是支撐她人生的最大力量了。

雲開剛打開手機，傅道的電話就響起，臨出國前，雲開曾經請託父親幫她先把一張長期支票兌現以利週轉，「雲開，明天要不要帶月明到家裡來玩？順便把那張支票先帶來，明天下午助選團正式成立，妳如果沒事就一起參加。」

雲開總是對自己感到很無奈，不管她覺得再怎麼氣傅道，如果傅道親自開口，她總是無法狠心拒絕，不管May再怎麼勸她，她也總是做不到，更何況才剛請傅道週轉資金，好像怎麼也不能拒絕這樣的要求。

雲開不是沒有感受到，自從那天在車上與父親大吵一架之後，她與傅道之間的關係似乎趨於和緩，加上或許是腦瘤的問題，傅道過去這一週，知道雲開在選舉期間要帶著月明前往美國，也沒有多加置喙。

但是雲開不敢過度膨脹這種情勢，因爲根據以往的經驗，如果她與傅道的關係較佳，緊接著一定又會出現狀況，通常也都是枕邊人的耳邊細語，因此對於雲開來說，短暫的父女情緣是只能遠觀而不能長久的。

「知道了。」

傅道稍微遲疑了一下，「手術的事情準備得怎樣了？妳到國外去了一趟，想清楚了嗎？」

「我想選舉結束後再說吧，現在大家動不動就找我，每天電話響個不停，難道跟每個人說我要去開腦嗎？」雲開無所謂的語氣讓傅道摸不清雲開的態度，雲開向來不太理睬選舉的事情，但是如果打電話給她，她也多半會幫忙，傅道對於這個獨立的女兒一直是無計可施的。

「我會叫他們不要打電話給妳。」傅道只能這樣說，其實自己也正在打電話叫雲開出席第二天的活動，畢竟在整個選舉過程中，沒有親近家人出席是容易遭人詬病的。

「算了，到了選舉後期，大家抓到一點資源都想運用，沒有人會聽的，現在大家唯一的目標是要讓你當選，除此之外，其他的犧牲似乎都不重要了。」雲開帶著一點點挖苦的語氣說道。

「不要這樣說，沒有人想要犧牲妳。」傅道糾正地說著。

「是嗎？」雲開苦笑地說著，「犧牲是無所謂，千萬不要浪費了就好。」

傳道聽不懂雲開的話，只能吶吶地說著，「那就明天見了。」

傳道的電話剛掛斷，競選總部的電話就來，電話只是來告知第二天就要開跑的宣傳車到現在都沒有人張羅。

雲開大大地嘆了一口氣，告訴競選總部的老助理，「這件事在十天前就已經交接給藍亭，應該去問她。」

老助理無奈地說著，「可是藍亭說應該要問妳。」

「狗屎，又開始了。」雲開覺得又累又氣，「這件事情現在歸你管嗎？」

老助理開始嘆氣，「是啊，今天下午臨時跟我說要我負責，我根本什麼都不知道，怎麼負責？」

雲開嘆了口氣，她可以不管傳道，可以不管藍亭，但是不能不管這些跟隨傳道多年的老助理，「我等一下請我的助理去問，因爲也都不是我自己聯絡的，晚一點再告訴你好嗎？」

雲開已經懶得再跟任何人訴苦了，只是打電話找到助理，請她去處理這件事情。

第二天早上，雲開因爲劇烈的頭痛而醒來，太陽尚未露臉，而她已經陷入頭痛的開始，漫漫長日，雲開最近越來越會嘆氣，似乎除了嘆氣也不能做什麼事情，還能怎樣呢？

雖滿心不願，但純眞的月明無所謂拿過垃圾玩具，只想跟小朋友玩耍，雲開只得將月明安置在傳道家裡跟思露思嘉玩耍，開車跟著傳道前往競選總部，沿途太陽穴鼓譟著一點也不肯放過她，大律師已經將保險金的信託處理好了，只剩下下午跟May的碰面了。

競選總部異常的熱鬧，大多是雲開不認識的人，少數認識的老夥伴親熱地打著招呼，迎面而來的正是徐英華，兩人一個熱情的擁抱後，徐英華立即開口邀約，「雲開，我的要求不多，最後這兩週，每週給我三天，每天只要兩小時就夠了。」

面對著一直在雲開工作上提供協助的老大哥，她實在無法拒絕，但是想到自己的頭痛，要怎麼啓齒？答應了徐英華，又怎麼能拒絕李信爲？「嗯，我看一下schedule，等一下告訴你。」

徐英華拍了拍雲開的肩膀，「這就對了，剩最後兩週，大家一起拚一拚，那些個無聊的事情，別理會就好了。」

雲開明白他指的無聊事情是什麼，只是笑著點點頭，「嗯。」

目送著徐英華去張羅活動現場，雲開站在原地五味雜陳，轉頭看見藍亭裝扮得漂漂亮亮在人群中穿梭，心裡一陣惘然。

「妹啊，徐英華說妳答應跟他去拜票？」傅大容走過來拍拍雲開的肩膀，「妳的身體受得了嗎？」

雲開轉過頭來，「我欠徐大哥人情，人情是要還的。」她頓了頓，「況且，他一直是黨內重要的文宣大將，這次願意來幫我爸，難道我能拒人於千里之外嗎？」

「這樣一來，妳也不能拒絕李信為，妳知道嗎？」傅大容看著堂妹疲倦的面容憂慮地問著。

雲開點點頭，對著其他走來又相識的人露出熱情的笑容揮著手。

「妳就是這樣，誰會認為妳有病？」傅大容責怪地說著。

雲開回頭看著他，「我沒有辦法，我就是沒有辦法在大家面前露出本性，你明白嗎？我也不想這樣，但是我沒有辦法。」

兩兄妹站在競選總部的門口沉默起來。

一位助理跑來，遞給雲開一條紅色彩帶，上面寫著「傅道的女兒。」同時跟她說，「雲開姊，請到前面就座，大會馬上就要開始了。」

雲開對她露出開朗的笑容，「好，但是我不要揹彩帶。」把彩帶推還給助理就往前面走去。其實雲開擔任過大企業的發言人，一直主導著公關事務，對於面對群眾與媒體非常有經驗，只是始終無法坦然面對自己的身分，唯恐自己的努力終將在傅道的光環下成為虛幻。

身為名人的子女自有其負擔所在，有人悠遊自得，有人享受其利，但是謹守本分與原則如雲開兩姊妹，在一般人眼中顯然是大大失策的，如果回到原點再重來一次，路還會這樣走嗎？

雲開或許從來不怨嘆成為傳道的女兒，只是對於自己總是孤單以對人生感到無奈，如果再來一次會有不同嗎？或許會更早離開這個家，不再冀望著一己的犧牲可以成就一個家庭的完滿，為了成就一個家的夢想，雲開失去太多，繞著地球的流浪只讓她徹底明白自己的愚蠢，畢竟要家庭和樂不是只靠一個人就可以達成，面對著傅道，她也有著同樣的感觸。

活動主持人陸續地介紹著傅道的幕僚上台，也邀請了雲開上台。

從台下走往舞台的路僅有短短幾步，卻像是瞬間回顧了這一生，她再次拒絕了舞台下助理送來的彩帶，只是昂首站在舞台上，面對著台下的群眾，這只是一場秀，主角是傅道，自己要擔任最稱職的配角，露出親切而熱情的微笑，彷彿自己與傅道是最親密的父女，台上站立的幕僚是合作無間的超級團隊，雲開對自己說著，也這樣做著，不管事實的眞相如何傷人而現實，這就是政治秀場。

台灣的族群分裂到了無法相容的地步，雲開轉頭看看站在隊伍盡頭的傅道，她知道父親可以為台灣的人民再盡一份心，儘管這一切好名聲似乎都無法為她所用，然而，站在一個歷史交接的時刻，跟二十幾年前她毫無選擇能力地奉獻出自己的父親，其實是沒有太大差別的。

雲開看見台下人群中的藍亭，心情突然像是出現了黑洞，整個被吸入無垠的黑暗。

她抬頭尋找著那熟悉的月亮，烏雲陰霾，遮住了所有依靠。

主持人介紹著雲開，雲開向群眾揮揮手，深深地一鞠躬，可是這樣低頭的動作，讓她的頭痛一下子劇烈起來，抬起頭來眼前是一片亮晃晃的白光，耳邊所有的聲音全都消失不見，她強自鎮定，希望不會在台上出糗，她努力地眨著眼睛，試圖在人群中搜尋傅大容的身影。

傅大容注視著台上的一舉一動，看見妹妹在鞠躬後緊皺著眉頭，眼神飄忽似在搜尋著什麼，他舉起手向雲開揮動，發現雲開在這樣的距離裡面也看不見他的動作，不禁緊張起來地向前移動靠近舞台。

慢慢地，眼前的白光漸漸緩和下來，雲開也放鬆緊咬著的牙根，漸漸聽見主持人的聲音正在感謝著大家的支持，並且宣布著下一個節目，這意味著雲開可以離開舞台，她慢慢地走向舞台邊緣，一步一階地走下去，她很清楚今天並不需要她來製造昏倒的舞台效果，她也不想出糗至此。

走下舞台的雲開，感覺到有一隻強壯的手緊緊地握住她的手臂，雲開以爲是傅大容，一抬頭卻驚訝地看見杜學義，「妳還好嗎？」

杜學義緊緊握住她的手臂，「妳看起來好蒼白。」將她帶到人群外面。

雲開驚訝地說不出話來，上次坐在Starbucks裡面看不出杜學義的身材，現在站在她身邊明顯高出自己許多，那感覺好像Mr. Big Guy，傅大容也在這時候趕到她身邊，「妹啊，妳還好吧？」

雲開點點頭，無法將頭低下，痛仍然劇烈地跳動著。

傅大容對杜學義點點頭，看著他仍然握著雲開的手臂，「你好，謝謝你，我是雲開的堂哥傅大容，你是？」

「你好，我姓杜，杜學義，我應該算是傅小姐的朋友。」杜學義轉頭注視著雲開，「妳還好吧？」

雲開覺得很尷尬，怎麼會被人家這樣扶著，點點頭擠出一抹笑容，將自己的手從對方手中抽出來，「沒事，謝謝，你怎麼會來？」

「我聽見廣播說今天妳父親助選團成立大會，我想妳應該會來，因爲妳已經很久沒有去喝咖啡了。」杜學義爽朗地笑著說道，似乎一點也不在意讓人感受到他的意圖。

雲開面對著這種事情向來都不知道應該要如何處理，只能轉頭向堂哥求助，但是傅大容根本搞不清楚情況，雲開只得回頭面對杜學義，「你對政治也有興趣嗎？如果是這個選區的，希望你支持我父親一票。」

杜學義大笑著，像個孩子似的充滿陽光，「好。」

雲開轉頭對傅大容說著，「李委員不是在找我嗎？」

傅大容愣了一下，才終於反應過來，「是啊，他在等妳。」

雲開回頭對杜學義點點頭，「今天比較忙，所以不能招呼你喔，前面有一些餐點，你要招呼自己。」雲開看見杜學義略顯失望的眼神，頓了頓又說，「謝謝你剛才扶了我一把，不然我就出糗了，謝謝你。」

杜學義露出笑容點點頭，「那就不耽誤妳了，有空出來喝咖啡？」

雲開笑著點點頭，轉頭跟著傅大容走向競選總部的門口方向。

走到競選總部門口，雲開並沒有進去，只是低聲跟傅大容說，「哥，我要走了，頭很痛。」

「妳還好吧？剛才妳在台上的樣子嚇死人了，那個人是誰？妳的仰慕者嗎？」

傅大容握著雲開的手臂繼續走向停車場。

「在咖啡店認識的，他會來也嚇了我一跳。」雲開的太陽穴像要炸掉一樣地抽痛著，「你能送我回去嗎？我想我沒辦法開車。」

傅大容接過雲開的車鑰匙讓雲開先上車，「妳這樣怎麼跟徐英華去拜票？」

「我不知道，再說吧。」雲開將頭緊緊地抵著座椅，似乎從未這樣痛過。

雲開的手機簡訊響起，是Mr. Big Guy，「小傢伙，妳還好吧？怎麼這麼久都沒有消息給我？我可以打電話給妳嗎？」

雲開心裡暖暖痛痛的，突然很想去峇里島，從證實腦瘤到現在已經快要兩個星期，她很少跟Mr. Big Guy聯絡，也不肯透露病情，但是每當心情沮喪時，總讓她有一股衝動想要打電話給他，雲開不知道自己還能忍多久。

「因爲最近幫我父親選舉，所以比較忙。」

「妳的頭痛還好嗎？妳爲什麼一直不告訴我檢查報告？有壞消息嗎？妳難道不知道我很關心妳嗎？」

Mr. Big Guy的簡訊讓雲開忍不住地在堂哥面前落淚，她抗拒著心裡滋生的衝動，她沒有權利要求別人負擔這麼多。

「妳還好吧？誰啊？」傅大容看見雲開哭了嚇一大跳。

「一個朋友。」雲開也不知道自己爲什麼會這樣一直落淚，像是不受控制一樣。

傅大容推推她的肩膀，「妳沒事吧？」

雲開搖搖頭，「不要管我。」心裡好想好想離開這個地方，好想飛奔去峇里島，經歷過剛才杜學義的熱情，她完全了解到自己逃避Mr. Big Guy是爲了什麼，不，她只能帶著女兒過著平靜而自在的日子，其餘的，什麼都不屬於她。

傅大容嘆口氣，只是默默地開車，他一直都知道妹妹要的只是一個家，卻可能是她這輩子都得不到的東西，剛才看她站在舞台上，爲傅道盡力扮演著一個稱職的女兒角色，可是傅道卻無法對等回應，這是個不公平的世界，傅大容安靜地遞了面紙給妹妹，不再打擾她。

※

「一號傅道的宣傳車向大家請安問好。」十二月初的寒流冷冽地吹在雲開身上，她逃不過命運地揹著彩帶站在宣傳車上向過往的行人揮手，這是她對台灣政治最搞不懂的部分，一個候選人有沒有能力擔任立法委員的角色，竟然會與在街上向民眾揮手致意有著極大的關聯。

宣傳車的擴音器嚴重地考驗著她漸趨嚴重的頭痛，「傅道的女兒傅雲開也在宣傳車上向鄉親問好，傅道一生爲台灣犧牲，從小失去父親的傅雲開悲苦地長大，她堅強勇敢的個性才是眞正台灣人的女兒，傅道是眼前台灣族群撕裂嚴重情況下唯一的中道者，請大家支持傅道，拜託，拜託。」

雲開已經不記得這樣站在車上有幾個小時了，這樣的低溫跟音量讓她幾乎要失去控制，她很清楚是爲什麼，但是無法面對這個事實，過去三天來，她漸漸地失去決心，幾乎就要對Mr. Big Guy坦白，但是兩個人可以面對這樣的事實嗎？Mr. Big Guy對她的情愫，雲開不是不明白，然而一旦軟化了，會不會從此就陷入需要依賴的深淵？有家室的Mr. Big Guy可以讓她依賴嗎？

如果一輩子都不會有依賴的機會，是不是會比較簡單？也不會有太多的問題要面對？依賴是一件多麼可怕的事情？因爲依賴心作祟，每個人都變成了無自主能力的軟體動物，但是足以被依賴的肩膀可以永遠存在嗎？如果習慣了依賴，當失去的時候，是否也就失去了生存的本能與意義？

自己有本錢可以經得起這種考驗嗎？

擴音器的聲音似乎越來越大，但這只是雲開的錯覺，她轉頭想跟傅大容說需要休息一下，可是一個簡單的轉頭動作，卻讓雲開瞬間失去知覺而昏厥過去。

再次醒來的雲開，已經身處在醫院病房裡面，張開眼睛看見的是憂慮的母親陳玟跟來回踱步的傅道，還有在一旁靜坐的May以及睡在她懷裡的月明。

「醒了啦，醒了啦。」陳玟高興地哭了。

傅道走向床邊來，「妳覺得怎樣？」

雲開眨眨眼睛，眼前慢慢清明起來，也漸漸聽見病房外面吵雜的聲音，「還好，外面是什麼？」

「媒體。」傅道簡單地說著。

「他們知道了嗎？」雲開也是簡單地問著。

傅道猶豫了一下點點頭。

雲開聞言並不答話，她知道競選總部怎麼可能會錯過這個加強宣傳的機會呢。

「我不會讓他們來採訪妳，妳放心。」傅道眼中露出憂慮地說著，「雲開，妳要認真思考手術的事情。」

「是啊，趕快做手術吧。」陳玟也在一旁紅著眼眶應和著。

「這倒是我第一次看見你們兩個意見一致。」雲開突然間就說了這句話，讓一向不和睦的雙親無言以對，「手術的事情我會再想想看。」

「妳到底在考慮什麼？」傅道嘆了口氣在床邊坐下來，「妳姊姊當年也是不願意接受心肺移植的手術，妳看她現在變成什麼樣子？妳一直都比較理智，難道也要犯同樣的錯嗎？」

雲開盯著天花板不講話。

「我請陳醫師跟王醫師來跟妳談好嗎？」傅道繼續勸著。

「不用了，我只是還沒有準備好。」雲開淡淡地說著。

「準備什麼？」傅道一點也不明白女兒的心思，他一直覺得跟守禮兩姊妹很疏遠，尤其是雲開，這個最像自己的女兒也是讓他感覺到最難以親近的一個。

雲開繼續盯著天花板，「準備好面對月明的未來，如果手術有風險，月明的未來該怎麼辦？」

傅道訝異地看著女兒，「我會替妳照顧月明啊。」

雲開笑了，轉過頭看著父親，「你已經結婚了，爸。」

「這跟我結婚有什麼關係？藍亭也會照顧月明的。」傅道提及藍亭名字時下意識地瞄了一眼陳玟，陳玟只是哭著並沒有回應他。

「爸，我們不要再自欺欺人了，你跟藍亭還沒有結婚時，我們去你家，藍亭都會給月明一個斷手斷腳的破娃娃，現在你們結婚了，你認為我會放心把月明交給你們嗎？」雲開淡淡地說著，那曾經是痛徹心扉的傷，現在回顧早也已經結痂。

「我也會替妳照顧月明啊，交給我就好了。」陳玫鼻音濃重地說著。

雲開搖搖頭，「妳照顧大姊的兩個孩子就已經夠了，況且，妳們總是吵吵鬧鬧，我以前自己都受不了，又怎麼會讓月明去妳們那裡呢？」

陳玫意外地面對雲開的真心話，半晌說不出話來。

「妳想太多了。」傅道好一會兒之後才說道。

「萬一我再也醒不過來，May會替我照顧月明，我的保險金也已經請律師做好信託了。」

一直不說話的May小心放下仍在熟睡的月明，走到床邊，「雲開，妳放心，這個我們都討論過了，高中時送月明出國去念書，所以她的未來都會依照計畫去實現的，等妳準備好面對手術的風險，也許一切都沒事的。」May緊緊地握著雲開冰冷的手，「我們早就說好，任何一方有事，都要照顧對方的孩子，這是我們一輩子的約定，妳放心。」

雲開握著好友的手，「我放心，我只是捨不得，我沒有勇氣面對再也看不到月明，更沒有勇氣面對月明失去母親的可能性。」雲開緩緩地流下淚來，「我需要再一些時間。」

話說到這裡，病房裡除了啜泣的聲音，似乎也沒人可以再說些什麼，冬陽暖暖地照進病房裡面，轉頭看著睡在沙發上的月明，雲開的心痛讓她無法面對未來的殘酷，爲何這樣溫暖的太陽，卻照不進雲開陰暗的心房？

※

「Big，我想去峇里島住幾天，可以幫我安排飯店嗎？」三天後從醫院離開的雲開，終於打了簡訊給Mr. Big Guy。

Mr. Big Guy很快地就回應了，「妳消失了好幾天，怎麼回事？妳來，我幫妳安排。」

「見了面再說吧，我後天去，可以嗎？」

「好，我等妳。」

回到家的雲開，趁著假日帶著月明去台東知本度假，陳玫也隨行，小小的月明似乎感覺到一些的不對勁，「媽咪，妳生病好了嗎？」

「已經好了，不過媽咪後天要出國去工作，妳要乖乖聽阿媽的話喔。」

「媽咪，妳要出國喔？我會很想妳耶。」月明天眞的話讓雲開一下又紅了眼眶，陳玫更是忍不住就流下淚來，她始終認爲是自己做錯了什麼事情才會遭遇到這樣的天譴，只是爲何都報應在孩子的身上呢？

陳玫無言問天，天也沒有回應。

兩天後，雲開將月明交給母親，「我去幾天就回來了。」

「去散散心也好，不會有事的。」陳玫隱隱然知道等雲開再次回來就已經是做決定的關鍵時刻了，雖然她不知道爲何她會在這時候去峇里島，但如果這樣可以讓雲開心情好一點來面對手術，也未嘗不是一件好事。

上機前，雲開打了電話給傅道，這已經是投票前最後的兩天了，傅道的拜票行程完全滿檔。

「爸，抱歉，最後兩天，我幫不上忙了。」雲開輕聲地說著，「祝你高票當選。」

傅道只是沉默了一下，「妳放心去散心，這裡有很多人幫我。」

「最後兩天不要鬆懈，要注意人和，要盡力拜票，直到勝選的一刻來臨之前都不能輕敵。」雲開語重心長地說著，其實在過去這幾天，由於她的病情曝光之後，雖然只是一顆小腦瘤，但是在媒體效應之下，也增加了不少話題性，多少總是一點加分的效果，況且這次傅道本身緊張選情，也相對認眞參選，勤跑基層，勝算已是大增。

「我知道，妳不要擔心這些。」傅道或許心中有很多話想要說，可是這許多年來的隔閡卻讓他難以跨越。

電話中又再度陷入沉默，其實雲開也不知道自己還在期待什麼，只是嘆口氣，「我要上飛機了，再見。」切掉手機的電源，阻絕的只是電波，能夠永遠地切斷對家庭與愛的渴望嗎？

對著掛上電話的傳道，藍亭深沉的眼神盯著他，「怎麼啦？」

「雲開要去峇里島。」傳道吶吶地說著。

藍亭冷冷地笑了笑，「只剩兩天了，她還跑掉。」

傳道轉頭看看她，「讓她去散心也好，她面臨到那麼大的問題。」

藍亭似笑非笑地說著，一邊幫傳道斟茶，走到他背後幫他僵硬的肌肉按摩著，「她自己做公關的，不知道這是最佳宣傳時刻嗎？這時候跑掉有點離譜吧？」

傳道只是淡淡地說著，「不要說了。」

「我沒有攻擊她的意思呀，只是替你的選情擔心嘛。現在我可全心都在跟總部配合，想辦法替你造勢呢。」

傳道沉默著，似乎只能享受著她指尖下的舒暢，半晌之後才開口，「我知道。」

※

Mr. Big Guy站在柱子旁邊焦急地等候著，這股莫名的憂慮連他自己也搞不清楚，這不是第一次站在同樣的位置等候小傢伙的到來，卻是首次這樣的殷切期盼，時間似乎是磨人的難耐。

一個月了，小傢伙回台灣已經一個月了，這一個月雲開幾乎是斷斷續續地刻意躲避著他，他憂心著檢查報告，無數次的詢問都沒有得到正面的答覆，兩天前接獲小傢伙的簡訊，知道她要來峇里島，心裡一則以喜，一則隱隱然感應到不祥的預感，經過一個月的沉寂，小傢伙面臨的是怎樣的問題？

人群陸續地走出入境大廳，Mr. Big Guy挺起身子搜尋著雲開的身影，終於在一群人的身後看到她，帶著墨鏡的她看起來清瘦不少，才短短一個月的時間。

Mr. Big Guy迎上前去，接過雲開手上的行李袋，另一隻手握著雲開的肩膀，「小傢伙，妳還好嗎？」

雲開搖搖頭，左側的太陽穴抽痛著，她完全失去低頭的能力，唯恐一低頭又會重演昏厥的場面，「頭痛。」

Mr. Big Guy皺著眉頭，只是抓著雲開的手臂領著她走向停車場，峇里島的高溫跟台北的溫差將近二十度，車子裡面過高的溫度讓雲開幾乎喘不過氣來。

雲開突然很後悔衝動地跑來峇里島，她這樣貿貿然地來，會帶給Mr. Big Guy怎樣的麻煩呢？她所要挑起的又是怎樣複雜的情結呢？

「先喝點運動飲料，現在這裡很熱，妳要多補充水分，不然頭痛會更嚴重。」Mr. Big Guy遞給她剛才爲她準備的飲料。

冰涼的運動飲料稍稍舒緩了雲開抽痛的太陽穴，她輕輕地將頭倚靠在座位上，沒有力氣說話，她發現到這幾天的頭痛總是耗損掉她許多的精力。

Mr. Big Guy溫暖的手觸摸著她的額頭，「妳的額頭怎麼這麼涼？妳在冒冷汗，妳還好嗎？」他已經不記得自己到底問過幾次她還好嗎？可是始終沒有得到正面的答覆，爲何小傢伙現在人在身邊，卻一樣有遠在天涯的錯覺？她總是這樣拒人於千里之外嗎？對他而言，萌生的情愫並不是要擁有她，只是渴望著想要照顧她的一種心情。

「頭痛。」雲開只是簡單的回答，她不知道Mr. Big Guy想要什麼怎樣的未來，但她自己只是想要一點支持的力量，一點說服性的東西，讓她足以往下走，面對必須進行的手術以及可能發生的風險，至於感情跟永遠，則是她現階段無力去思考的。

Mr. Big Guy並沒有立刻追問，只是安靜地開著車子。

雲開帶著些許的意外，驚訝他並沒有再追問，安心地閉上眼睛休息。五個小時的航程裡面，雲開一直都昏睡著，即便連空姐喚醒她用餐，她也持續地睡著，這段時間的煎熬與疲倦似乎在一上飛機的同時全都釋放出來。

車子駛進停車場，Mr. Big Guy輕輕地喚醒她，「小傢伙，到飯店了，進去再睡。」

雲開悠悠轉醒，剎那間不知身在何處，幾秒後才感覺到身邊的Mr. Big Guy正憂慮地看著她，那種後悔尷尬的心情再度出現，她坐直身子擠出一抹笑容，「我今天好像小懶豬一樣睡個不停。」

Mr. Big Guy笑著拍拍她的頭，「睡覺是一件好事，妳應該要多睡一點。」便走下車去拿雲開置於後車廂的行李。

雲開慢慢地跟在Mr. Big Guy身後，這間飯店她以前沒有來過，Mr. Big Guy像是了解她的想法似地開口說著，「妳住過他們的飯店，但是這次我幫妳安排的是villa，我想妳來過這麼多次峇里島卻都沒有住過villa，所以幫妳安排了這裡。」

飯店大廳理薰香裊裊，處處可聞道地的音樂演奏，雲開安靜地坐在沙發上等候著Mr. Big Guy辦理住房手續，是這樣的音樂，還是這樣的香味，雲開覺得整個人疲倦極了。

Mr. Big Guy一邊辦理手續，一邊回頭留意著小傢伙，看見她困頓的神情無比的心疼。服務人員領著他們來到房間，雲開放下背包走到後院，庭院裡的按摩池映襯著藍寶與土耳其石色交錯的馬賽克，像是一池艷藍水晶閃耀著，雖然不善於游泳，也會有著衝動想要下去游泳。

服務人員離去後，Mr. Big Guy走到身後緊緊地擁抱著她，這熟悉的香味不是她魂縈夢繫的嗎？現在她就站在這裡了，該來的總是要來，而且她是來尋找堅定勇氣的不是？

感受著背後結實的身體，她吸口氣輕輕地告訴他，「我的左邊顳葉長了一顆腫瘤。」說完只是定定地凝視著池水，等待對方的反應。

Mr. Big Guy閉上眼睛，他一直希望自己的猜測是錯的，可是現在卻被證實了，心裡一陣酸痛是他未曾有過的經驗，他張開眼睛將小傢伙轉過身來面對著自己。

他凝視著雲開蒼白的容顏，這就是這些日子以來她執意隱瞞他的真相嗎？她又忍受了多大的煎熬呢？突然間他覺得喉頭乾澀難以發聲，「嚴重嗎？」

「我會變成光頭，我要開始綁頭巾了，我想我的頭形不適合剃光頭。」雲開不知哪來的幽默感玩笑地說著事實的真相。

「光頭看起來很性感。」Mr. Big Guy恢復鎮定地說著，努力帶著一抹笑容，「這個手術複雜嗎？」

雲開搖搖頭，「醫師說不是太複雜。」

Mr. Big Guy看著她欲言又止的神情，等待著她準備好情緒繼續往下說。

雲開低頭看著自己的腳，眼眶不爭氣地開始發熱，「只是每個人的體質不一樣，有些人會永遠都醒不過來。」

Mr. Big Guy咬咬牙根，這種事情有誰能夠保證呢？突然間責怪起自己，小傢伙現在就站在眼前，就在他的懷裡，可是面對她所遭遇的，自己卻是一點忙也幫不上。

「妳不要想太多，醫生有沒有說什麼時候應該做手術？」

「盡快。」雲開簡短地回答著，因爲低頭，太陽穴又開始抽痛起來，但是她不敢抬起頭來，唯恐自己忍不住就會嚎啕大哭。。

他修長的手掌輕輕地撫摸著小傢伙的長髮，撲鼻而來的是縈縈髮香，人的一生到底可以承擔多少波折？一個女子又可以面對幾次接連不斷的考驗呢？

高大的Mr. Big Guy看見她緊咬著自己的嘴唇，彷彿就要咬破流出血來，「小傢伙，請抬起頭，看著我。」他溫柔地說著。

雲開努力地眨眨眼睛，想要甩掉羞恥的淚水，最終她抬起頭迎向Mr. Big Guy關切的眼神，他眼中所流露出的訊息是她所渴望卻又不敢對自己承認的。

「如果醫生說這是簡單的手術，就要相信他們，如果醫生說要盡快，就應該要盡快，爲什麼妳一個月來都不告訴我？也不去接受手術呢？今天妳來了這裡，我相信是因爲有我可以協助的地方，請告訴我，妳希望我怎麼做？」

雲開聽著他低沉的聲音，覺得自己像是被看透了一樣的無地自容，這是自己的病，自己的身體，哪有人可以幫忙？唯一可以幫忙的是醫生，可是她卻遠遠地避開他們，她低低地說著，「其實，這個世界對我而言，並沒有什麼值得留戀的，」她停頓一下，想到月明，眼淚忍不住又衝上來，她轉眼看向旁邊，無法面對Mr. Big Guy跟自己的軟弱，「只是我沒有辦法去想，如果我眞的有了意外，那月明怎麼辦？誰來照顧她？她已經沒有了爸爸，如果連我也不在了，誰來照顧她？我沒有辦法面對這種想法，我甚至不敢聯想我倒下去之後，月明孤苦無依的畫面，這個世界上少了我對誰都不會有影響，只有對月明。」

雲開的淚水不受控制地滑落臉頰，那一串淚珠深深地刺痛了Mr. Big Guy的心，「不要這樣說，少了妳，很多人都會受到很大的傷害，這個世界還是有很多人非常在意妳，並不是像妳想的那樣。」他緊緊地摟著她，彷彿想要連她身上的痛苦也一併承受，他也深愛自己的孩子，因此能夠清楚地了解雲開的想法，但是這樣的想法不能阻擋了治療她的路，然而他又要怎麼告訴她，他也同樣無法去面對雲開從世界上消失的痛苦，他不知道那會有多痛苦，但他的世界卻肯定會出現一塊空白。

雲開被緊緊地抱著，那種安全感是她從未感受過的，但這卻不是屬於她的胸膛，她能夠放鬆自己去感應這一切嗎？

越過他高大的肩膀，月亮已經悄悄露臉，「這不就是妳來這裡的原因嗎？」那輪白色明月只是帶著笑容這樣告訴她。

「小傢伙，聽我說，總有辦法可以解決，不能因爲這樣的憂慮，我們就放棄了自己的生命，妳不做手術，月明一定會失去妳，不是嗎？做手術起碼還有勝算，爲了月明，妳要堅強，我相信意志力可以戰勝一切，妳一直都是這麼有意志力，當年妳走過艱困的歲月，那時的妳那麼幼小，現在妳長大了，妳的意志力一定是更加地堅強。」Mr. Big Guy感覺到雲開的僵硬，他輕輕撫摸著她的後背，直到雲開不由自主地放鬆讓自己可以完全地依靠在他的懷裡。

「瞧，妳可以這樣放鬆地靠在我身上，妳也應該這樣地相信妳的醫生。」Mr. Big Guy繼續安撫著她，就像在撫慰一隻小貓咪。

「但是我無法面對萬一之後的情況，月明怎麼辦呢？」雲開哽咽地說著。

「我知道妳跟妳的家人並不親近，但是如果眞有萬一，他們也一定會照顧妳的女兒。」Mr. Big Guy知道雲開與家人間的關係，但是面對著不得已的情況，總是要向現實低頭。

雲開搖搖頭，「我不要把女兒交給他們，我父親已經跟藍亭結婚了，那裡從來都不是我的家，以後也不會有可能成爲月明的家，至於我的母親，唉，她照顧我姊姊的兩個兒子已經夠辛苦了。」

後院逐漸陷入陰影裡，清冷的月光灑落一池，Mr. Big Guy拉著雲開走進屋子，讓她在沙發上坐下，仍然握著她冰冷而顫抖的手，屋外峇里島的溫度超過三十三度，手中的小女孩卻仍維持著冰冷的溫度，這是怎樣絕望而低落的心情呢？「那麼這一個月裡面，妳爲這件事情做了什麼打算呢？」Mr. Big Guy很清楚雲開的個性，即便在最困頓的環境裡面也不會只是個自怨自艾的小女生。

「我請律師對我的保險金做了信託管理，」雲開咬咬嘴唇，「同時也跟May說好，萬一我真的醒不過來，不要維持我的生命浪費錢，同時也要替我照顧月明，她是月明的乾媽，」她吸吸鼻子，「很久以前我們就對彼此承諾過，如果有誰先走了，一定要照顧對方的孩子。」

雲開抬起頭看著Mr. Big Guy眼眶裡面還含著淚，卻硬是擠出笑容，「很傻對不對？以前只是像個小女生的約定，沒想到現在卻會有實現的一天。」

Mr. Big Guy緊緊地握住雲開的手，「小傢伙，記得我一直跟妳說，不要製造問題。」

雲開警戒地僵硬起來，眼神也變得防禦。

「不，我不是說妳在製造問題，」Mr. Big Guy察覺自己的失言，他很清楚在這種時刻最不需要的就是更多的誤會，「我的意思是，去憂慮最壞的情況是對的，畢竟這是生命攸關的事情，但是，我請求妳，不能因爲憂慮而拒絕接受治療，妳一旦拒絕了，月明就連什麼希望都沒有了。」

雲開軟化下來，低頭看著緊握著她的那雙修長的手，「我沒有拒絕，我只是還沒有準備好，我能夠爲月明準備的已經都做了，如果那是月明的命運，也只是她命苦，我知道人不能與天爭，我只是還沒有準備好而已。」雲開已經不再哭泣，仍是帶著濃濃的鼻音。

「小傢伙，」Mr. Big Guy伸手抬起她的下巴，讓她看著自己，「如果醫生說要盡快，那是表示腫瘤有長大的危險，相對地對妳也有危險，不是嗎？」

雲開閉上眼睛嘆口氣，只是點點頭，不願意直接回答這個問題。

「答應我，要堅強，我知道妳一直都很堅強，但是妳需要非常堅強的意志力來度過這關，妳一定會醒來，因爲妳要醒來照顧妳的女兒，因爲妳要醒來，搬來妳的夢想之地居住，專心當個作家，」Mr. Big Guy摸摸她的臉頰，堅定地告訴她，「因爲我要妳醒來，來看我。」

Mr. Big Guy再次把雲開緊緊地攬進懷裡，她顫抖的身體讓他再也忍不住地低下頭親吻著小傢伙。

這無數次出現在夢中的親吻，雲開嘆了口氣，不知道爲何Mr. Big Guy總是有這樣的能力可以安定她的情緒，並帶給她另一種堅持下去的力量，但她知道這便是她選擇在此刻前來峇里島的原因。

只是自己可以沉溺進這種情感裡嗎？男人對她而言，一直就像個謎，不知道可以依靠多久以及如何依靠？

過了許久，他不捨地想要放開雲開，唯恐她虛弱的身體無法承受進一步的渴望，然而小傢伙卻緊緊地抱著他壯碩的胸膛，「不要走。」

這樣的暗示讓他再也忍不住地將雲開放倒在床上。

院子裡已陷入完全的夜色中，Mr. Big Guy摟著赤裸而白皙的雲開，讓她完全地依偎在自己的臂彎裡，「妳的身體現在還好嗎？」

雲開點點頭，其實感覺到非常的疲倦，然而心裡卻有著許久不見的滿足。

「去吃飯吧，好嗎？」Mr. Big Guy問著，生怕餓著小傢伙血糖太低又誤事。

雲開點點頭，從他懷裡離開，雙腳剛落地站起身，一場無預警的刺眼白光從雲開眼前閃過，下一秒便昏厥過去，Mr. Big Guy從床上跳起來，在雲開整個人摔落地面前接住了她。

Mr. Big Guy一把抱起她，將她放在床上，臉色死白的雲開動也不動地躺著，他緊繃著神經輕輕拍著雲開的臉頰，測量她的脈搏。

幾分鐘之後，雲開慢慢轉醒，神情十分茫然，剎那間才明白自己又昏倒了，想要開口講話卻發不出聲音。

Mr. Big Guy伸手輕輕按住她的嘴唇，「噓，不要說話，我知道，先休息一下，我們不出去吃了，叫客房服務就好了，ＯＫ？」

雲開點點頭，很感激有他在身邊。

Mr. Big Guy轉身打了電話訂完餐點，轉身回到床邊，「好一點了嗎？」

雲開點點頭，其實那種虛弱還遠遠比不上心頭的恐懼，她自己當然很清楚這是病情加重的症狀，她也知道自己沒有多少時間可以再猶豫了。

「妳一定要這樣嚇人嗎?」他跪在床邊，伸手愛撫著雲開的嘴唇。

雲開只能虛弱地笑笑。

Mr. Big Guy站起來去冰箱裡面取出一罐汽水，「喝一點糖水，OK?」走回來扶雲開坐起身來，雲開順從地喝了兩口，但是他搖搖頭，「多喝一點，聽話。」雲開只是照做。

扶著雲開躺回床上，Mr. Big Guy在床邊的沙發坐下，定定地凝視著一臉蒼白的她，「小傢伙，答應我，一定要認眞考慮，好嗎?這次我不想妳在這裡住太久。」

雲開感覺到喝過一些糖分的飲料，的確是可以提振些許的精力，她明知道Mr. Big Guy不是惡意，卻仍然任性地發出沙啞的聲音，「你可以不用留在這裡照顧我，我也不需要麻煩你。」

Mr. Big Guy皺皺眉頭，「我當成這是因爲妳生病所以任性的言論，我不會放在心上，但是，」他看見雲開哀傷的眼神也不忍責怪，只是用著更加溫柔而堅定的語氣告訴她，「我希望妳很快又回到這裡來看我，我希望很快看見一個性感的光頭美女。」

雲開噗哧地笑了出來，Mr. Big Guy也對自己的幽默得意地哈哈大笑。

Mr. Big Guy陪伴雲開在房間用完餐之後，再三交代不可以獨自游泳，轉身拿起桌上的房間鑰匙，「鑰匙我帶走，我想這樣比較方便。」

雲開點點頭。

Mr. Big Guy看著她，心中非常不捨，也很憂慮萬一他不在的時候又昏倒的話，誰來照顧她？

原本坐在床上的雲開看見Mr. Big Guy猶豫的眼神，心裡產生一種既抱歉又溫暖的感覺，她從床上下來，打算讓他知道自己沒事了，可是Mr. Big Guy看見她要下床，便立刻趕上前來，「妳留在床上，我會幫妳鎖門。」想要叫雲開乖乖躺回床上。

雲開搖搖頭，輕輕握住他的手臂，「Big，我沒事了，不要擔心，謝謝你。」

Mr. Big Guy嘆口氣，再一次緊緊地抱著她，親吻著她的頭髮，低聲地說著，「我希望妳知道，我渴望妳能夠一直住在這裡，待在我隨時都可以看見，隨時都可以觸摸到的地方，妳永遠都會是我的小傢伙，我的寶貝。」

雲開從未感受過這種震撼，她不明白爲何Mr. Big Guy的話可以打動她如此之深。

Mr. Big Guy撫摸著她的後背，「我只是捨不得離開，我只是希望妳好好活著，妳明白嗎？」

雲開奢侈地享受著這原本不該屬於她的溫柔，靜靜地點點頭。

「有任何狀況，打電話給我，我家那一帶的手機訊號不是很好，我在電話旁邊的便條紙上留下我家的電話了，如果有任何事情，打我家的電話給我，知道嗎？覺得暈眩就趕緊坐下來，想要任何東西打電話給櫃檯。」

雲開點點頭，「我不是小孩子了，我知道應該怎麼處理。」

Mr. Big Guy緊緊地箍著她，「問題是，妳在我心中永遠都像個孩子。」他低下頭再次親吻了一下雲開的頭髮，放開她轉身走向門口，「有事打電話給我。」

雲開鎖上門，倚靠在門邊好一會兒，心裡思索著她與Mr. Big Guy之間到底是怎麼了，她一直這麼逃避感情，他那麼重視他的孩子，他們之間不是應該保持著單純的友誼嗎？他們兩個人之間，有能力負擔這樣的感情嗎？

雲開走回床邊坐下來，拿起手機打電話給月明，月明才是她最需要思考的問題吧？

門外的Mr. Big Guy也在原地站立了一會兒，聽著裡面電視的聲音，他的眼淚不受控制地湧上眼眶，怎麼會是這樣的情況呢？他轉身走向停車場，第一次在台北松山機場與小傢伙初相識的場景一一浮現眼前，Mr. Big Guy坐進車子裡面，握著方向盤覺得很茫然，怎麼？怎麼會這樣呢？自己可以無所畏懼地鼓勵雲開，但是面對他自己會失去雲開的恐懼，又有誰來安撫他呢？

接連兩天，Mr. Big Guy幾乎排除掉大部分的會議，總是陪在雲開身邊天南地北地聊著，雲開很喜歡聽他講過去的事情，總是靠在他身上微笑地聆聽他低沉的聲音訴說著法庭上許多有趣的事情。

好幾次，Mr. Big Guy看著雲開專注的神情不覺癡了，總是忍不住地褪下她的衣物，小心翼翼地呵護著她，而雲開的反應卻是相對地與第一次不同，彷彿每次都是最後一次般地全心全意。

他也很清楚小傢伙目前最不需要的就是感情的壓力，他只要可以在身邊照顧她陪伴她就好了，因爲他太清楚，經歷過特殊人生的雲開，需要的會是非常肯定的感情，而不是分享的委屈，自己沒有勇氣放下心愛的孩子們，又怎麼能帶給雲開過多的負擔呢？可是自己卻怎麼也放不下她了，他們之間又該如何一起走下去呢？

「你不用刻意陪我，我可以處理自己的事情，你不用擔心。」第三天的下午，雲開坐在游泳池畔睡著了，當她醒來時，發現Mr. Big Guy不知道在什麼時候已經來了，並且正坐在另外一張躺椅上面凝望著她，她拋給對方一個安撫的微笑，認真地告訴Mr. Big Guy，他是個事業心很強的男人，過去這些天，一直讓他兩頭跑，雲開心裡覺得非常過意不去。

「我自己會安排時間，妳不用擔心這些事情，妳只要好好做心理建設，然後回去接受手術，好嗎？」

雲開的手機簡訊適時地響起，是傳大容傳來傳道當選的消息。

「我父親當選了。」雲開將手機放到旁邊的小茶几上，神情平淡地躺回躺椅上。

Mr. Big Guy觀察著雲開冷漠的神情，「很好啊，那就恭喜他了。」

雲開淡淡地點點頭，沒有多加表示意見，她來了這幾天，並沒有接到傳道的電話，如今當選了，其實對她也沒有多大的意義，也許對藍亭以及其他人的意義會大一點吧？自己曾經盡了做女兒的義務就好了，起碼，不要再遭人詬病也就可以了。

「妳知道每個人都是一個獨立的個體，其實彼此間的關聯並不見得一定是人們所以為的，」雖然雲開低著頭，但是Mr. Big Guy確認她有在聆聽，才繼續往下講，像在講一個別人的故事，「他之所以成為妳的父親，只是偶然間他的精子不小心造成的，也許他從未想過要做一個父親，我覺得妳也不用想太多，妳需要的只是找尋自己想要的生活跟幸福，照顧好妳的女兒跟妳自己才是最重要的。」

雲開總是在Mr. Big Guy身上看見無比的自信，不管是在談法律，還是在談其他的事情，他總是那麼的從容與自信，舉止之間總是在優雅中有著掩不住的自傲氣質，雲開點點頭，知道他的用意，正想要開口回應他，突然間開始用中文說起話來。

「那是一條長長的走廊不見盡頭，廊上擺放著幾張白色的戶外休閒塑膠桌椅，面前端放著一張剛畫好的塗鴉。『這張圖給我好嗎？』我聽到一個男性低沉的嗓音從我背後傳來，我正坐在一個男人的大腿上。『可是給你，我就沒有啦。』我這樣告訴著背後的聲音，『妳可以再畫一張啊。』我聽到男人低沉的聲音又說。」雲開夢囈般地說著，眼淚不受控制地落下，「我猶豫了一下，轉頭便要把圖給他，可是一回頭，發現抱著我的是一個身著囚衣，可是頸部以上卻是空無一物的男人。」

Mr. Big Guy驚訝地看著雲開，他完全聽不懂小傢伙在說什麼，坐在身邊的人卻感覺上距離自己好遙遠，他站起來走過去碰觸著雲開纖細的手臂，「小傢伙，妳在說什麼？妳知道妳在對我說中文嗎？」

雲開眼神落在遠方，淚珠一串串地掉下來，完全無法控制自己的嘴巴跟腦部反應。

「小傢伙?!」Mr. Big Guy將雲開扳向自己，看見她眼神空洞，不禁憂慮起來，「小傢伙?!」

雲開半晌之後才回過神來看著他，眼中流露出驚慌的恐懼，但是已經可以使用英文跟Mr. Big Guy交談，「我，」話還沒說眼淚便又一串串地掉下來。

Mr. Big Guy拭去她臉上的淚水，「不要急，妳怎麼了？」

雲開卻是抖著嘴唇說道，「我控制不了自己，我不知道自己在說什麼，那些話就自然地跑出來，」她抬起頭看著眼前高大的男人，從知道得病以來第一次這麼驚慌，她忍不住緊緊抱住Mr. Big Guy，「我控制不了自己，我，我好怕。」

Mr. Big Guy緊緊摟著她，心裡卻像萬根針在刺一樣，怎麼惡化得這麼快呢？「小傢伙，」他一開口便哽咽，爲什麼是身體不好的雲開需要忍受這些呢？像是鼓起莫大的勇氣，「我陪妳回去台灣做手術，好嗎？」

雲開只是啜泣著，但是她很清楚時候到了，她必須要面對這一切，再也沒有逃避的空間了，「我明天就回去，不過，你不用陪我了。」

Mr. Big Guy嘆口氣，「妳知道，我只是想要照顧妳而已。」

雲開離開他的胸前，臉上帶淚地看著他，苦笑著搖搖頭，「我知道，我已經帶給你很多麻煩了，我很感激你爲我做的一切，只是……」雲開並沒有把話說完，但是Mr. Big Guy很清楚她想要說什麼，並沒有堅持多說什麼，對他來說，做比說重要的多。

「我明天就回去，如果眞是造化弄人，也是月明命苦，我已經沒有逃避的空間了。」雲開突然冷靜下來地說著。

「小傢伙，要堅強，一定要沒事地回來，知道嗎?」Mr. Big Guy緊緊地抓著她瘦削的肩膀，他在雲開的眼中看見堅定卻認命的神色，「一定要回來看我。」

雲開喉頭緊緊地卡著，用力地點點頭。

第二天下午，Mr. Big Guy送雲開到機場大廳外，兩個人靜靜地站著，身旁人潮不斷，每次雲開總是直接就進入大廳，今天卻只是站在外面，雖然沒有開口，看著峇里島蔚藍的天空，呼吸著炙熱中空氣甜甜的香枝味道，她的心卻是冰冰涼涼的。

她不知道心裡出現的這股隱隱然的不捨，是來自於對生命的恐懼?還是Mr. Big Guy?似乎可以在他身邊多站一會兒也是好的，唯恐這一別，再也看不見他的樣子。

Mr. Big Guy也是捨不得讓雲開就這樣離開身邊，但是此時該說些什麼呢?萬般不捨又怎樣呢？自己可以爲別人爭取正義，卻無法幫上雲開的忙，又有什麼用呢？

雲開看看手錶，時間已經到了，該來的還是要來，不是屬於自己的，強求也沒有用，她抬起頭看著身旁的男人，「時間到了。」

Mr. Big Guy點點頭，眞希望她可以永遠留在身邊，但爲了她的健康，卻一定要這樣的分離，那種錐心之痛與恐懼也是他此生所未曾嘗過的。

「謝謝你陪我這些天，讓我找到一些面對未來的勇氣。」雲開努力擠出笑容。

Mr. Big Guy搖搖頭，「妳永遠都不需要在我面前隱藏情緒，雖然我不喜歡情緒化的女人，但是，我也同樣不喜歡需要僞裝的人。」

雲開聞言轉開頭，因爲眼眶裡面已經盛滿淚水，如果不是因爲Mr. Big Guy不知何時已經在她心中占有重要的分量，又怎麼會在最脆弱的時候投奔到他的身邊？或是冀望可以從他身上找到一些大勇氣來面對自己無解的未來？

Mr. Big Guy潔淨修長的手指抬起她的下巴，雲開的眼淚也就這樣地滑過臉頰落在他的手上，那一滴的淚珠鐘錘般重重地撞擊著Mr. Big Guy的心。

「回去以後，要每天每天跟我保持聯絡，請讓我知道妳的所有情況，好嗎？」Mr. Big Guy幾近低吟地說著，聲音中更帶著一抹的乞求，「不要像過去一個月一樣，好嗎？」

雲開輕輕地點點頭。

「答應我，妳一定會好好地回來見我，就算變成性感的光頭美女，ＯＫ？」

雲開擠出一絲的笑容，再次點點頭。

「確認做手術的時間，請一定要讓我知道，ＯＫ？」Mr. Big Guy深邃的眼睛仔細地審視著雲開的容顏，他知道自己不該這樣做，這樣想要記住小傢伙的每一吋容顏會讓雲開誤以爲自己對她的手術沒有信心，然而他就是忍不住地這樣做了。

雲開點點頭。

Mr. Big Guy忍不住再次將她緊緊擁抱，深深地吸吮著她甜美的舌尖，半晌才鬆開她，「我等妳回來。」

雲開緊緊地回抱他壯碩的胸膛，用力地點點頭，好希望他眞的能夠陪她到手術的那一刻，但是這樣的要求太過分，是她怎麼也開不了口的，萬一眞有萬一，她更不願他在現場接受那樣的打擊。

雲開低著頭離開他的懷抱，快步走向大廳裡面，頭也不回。

因爲她沒有勇氣回頭再多看一眼，因爲她怕自己泥足深陷，從此不但害怕再也看不到月明，也會看不見他。

也正因爲她沒有勇氣回頭再多看一眼，所以她沒有看見Mr. Big Guy流下淚的不捨心痛。

# 六

飯店裡面人聲鼎沸，競選總部席開二十桌感謝工作人員過去幾個月的辛勞輔選，傳道每一桌轉檯向工作人員寒暄及感謝，藍亭跟在身邊笑得合不攏嘴，而雲開只是靜靜地跟傳大易的妻子坐在旁邊，回到台灣已經三天，也跟王醫師討論過手術的各種情況，參加完這場感謝餐會，第二天就要入院了，雲開的心情低低落落的，雖說已經做完各項心理準備，但哪裡是有足夠的心理準備可以失去一切呢？

過去三天，雲開仍然每天進公司安排所有的事情，下午早早就回家跟月明一起做功課，每天也固定會跟**Mr. Big Guy**保持聯絡，她的頭痛也是每天定時來報到。

「媽咪，舅舅給我眞假公主芭比耶。」月明蹦蹦跳跳地抱著一盒昂貴的芭比禮盒過來獻寶，雲開抬頭看著迎面而來的小堂弟傅大宇，這是她最關心的小堂弟，傅大宇的成長過程跟她極爲類似，也總是孤單一個人，雲開高中時曾經見過傅大宇一次，對他的沉默自衛印象深刻，多年前再次相認，兩姊弟間的感情比親生姊弟更加親近，這種血濃於水的感應是很奇妙的。

雲開站起來跟傅大宇擁抱了一下，「你又亂花錢買東西給月明了。」每次月明的生日，傅大宇總是不惜成本買好東西給月明，彷彿是要補足自己的缺憾似的。

傅大宇拍拍姊姊的肩膀，「哪有多少錢？小孩高興就好。」

雲開拍拍另一邊的空椅子要傅大宇坐下來陪她，堂弟坐下來之後，靜靜地看著雲開費力地幫月明拆玩具盒子，便伸手過去把盒子拿過來代勞，「怎樣？還好吧？明天要住院了吧？」

雲開看著傅大宇的手指靈巧地拆著玩具盒，傅大宇也有一雙修長而靈巧的手，那是一雙藝術家的手，像他的父親，但是生活的不順遂，卻沒有機會讓傅大宇可以展現藝術方面的長才。

她點點頭，「嗯。」向後背靠著座椅，過去幾天以來，雲開總是覺得很疲倦，此時月明在身邊雀躍著，等待眞假公主芭比從盒子裡出來跟她玩，雲開摸摸月明的頭髮，經過幾天的沉澱，她已經很清楚知道自己無法再逃避，只能強迫自己面對挑戰。

傅大宇把芭比娃娃交給月明，月明興奮地抱著娃娃，轉身跟雲開開心地說著，「媽咪，我好興奮喔，親一個。」

雲開湊過去親了一下月明可愛的臉頰，月明把娃娃送到她眼前，「眞假公主也要親一個。」雲開微笑著也低下頭親了娃娃一下，月明開心地抱著娃娃又去找別人玩耍。

雲開抬起頭看見傅大宇正注視著自己，「我沒事，也有了心理準備了。」

傅大宇看見她狀似冷靜的態度更加擔心，「我也不知道應該要對妳說什麼，這種事情……」

雲開看看花蝴蝶似的傅道與得意不已的藍亭，苦苦地笑了，「是啊，這種事情……」

兩姊弟對坐無言，氣氛就這麼蔓延著，許久，傅道走過來這桌，拍拍雲開的肩膀，「妳不要擔心，小手術而已。」

雲開知道這不是個太複雜的手術，她一直都知道，她並不是眞的怕死，她只是憂慮月明，她也知道或許傅道這樣說並沒有惡意，只是對雲開來說並不夠，她所希望的不只是這樣的反應。

問題是她要什麼？

雲開搖搖頭，一陣脾氣上來，「我知道是小手術，我不是怕死，我只是擔心月明，不要用這種態度跟我講這件事。」

傅道驚訝地看著女兒，他認爲這只是情緒反應，一點也不能體會雲開心裡的痛。

雲開冷淡的語氣卻訴說著尖銳的言詞，「爲什麼我從小就沒有父親？爲什麼你出獄之後，我還是一樣沒有父親？」

「妳在說什麼呢妳？」傅道臉上一陣青綠，他沒有想過雲開會在這種場合裡面發飆，儘管雲開壓低聲調說著，但是起碼同桌的人也都聽到了。

「難道不是嗎？我自從生病之後，我憂慮的都是我的月明以後怎麼辦？萬一手術失敗我再也醒不過來怎麼辦？這個世界對我來說一點也不値得留戀，我常常想要不是我有月明要照顧，死了還比較一了百了，不用去看你們的臉色，不用去忌妒思露她們跟我們的差別待遇，我不知道明天住院之後，還有沒有機會再出來，不要跟我講這種話。」雲開咬著嘴唇一字一字地說著，「我沒有父親，沒有丈夫，所以我一定要自己面對這一切，我已經都做好心理準備了，如果你不能給我做父親的支持，也請不要用這種輕鬆的態度跟我說話。」

傅道沉默一下，不知道該怎麼回應雲開，自己在她心目中眞的這麼差勁？自己眞的對她們及思露姊妹有這麼大的差別待遇嗎？傅道轉頭看著自己的姪兒們，發現大家都保持著沉默。

藍亭走過來，聽到雲開最後的話，自以爲是地跳出來爲傅道辯解，「雲開，妳怎麼可以這樣講妳爸爸？他是眞的……」她話還沒說完，雲開就揚起右手，表示不想再聽她說話。

但是藍亭還是繼續說著，「其實大家都看得出來，妳爸爸對妳跟守禮很好啊，是妳們自己不覺得……」

「我不覺得。」靜靜在一旁的傅大宇突然間打斷藍亭的話。

「這裡哪有你插嘴的……」已經成為傅大宇嬸嬸的藍亭正要駁斥時，雲開突然間站了起來，讓所有人都吃了一驚。

「我要回去了，這裡已經沒有意思了。」雲開冷冷地說著，那股怒氣已經消失無影，她只覺得絕望與疲倦。

「姊，我送妳回去。」傅大宇也站起來。

雲開看也不看父親，只是轉身要去叫月明，或許轉身太倉卒，突然一陣暈眩，傅大宇連忙扶住她，旁邊人驚喘連連。

傅道也伸出手要去扶她，卻被雲開的話給震撼地呆在原地無法動彈。

被傅大宇攙扶住的雲開，恐懼地發現自己再次無法控制自己的動作跟講話，她聽見自己的聲音從遠遠的地方飄來，「那是一條長長的走廊不見盡頭，廊上擺放著幾張白色的戶外休閒塑膠桌椅，面前端放著一張剛畫好的塗鴉。『這張圖給我好嗎？』我聽到一個男性低沉的嗓音從我背後傳來，我正坐在一個男人的大腿上。『可是給你，我就沒有啦。』我這樣告訴著背後的聲音，『妳可以再畫一張啊。』我聽到男人低沉的聲音又說。」雲開的眼神飄邈，眼淚成串地滑落，「我猶豫了一下，轉頭便要把圖給他，可是一回頭，發現抱著我的是一個身著囚衣，可是頸部以上卻是空無一物的男人。」說完眼前一黑便失去了記憶。

※

第二天，雲開靜靜地躺在醫院病床上，旁邊的人聒聒噪噪地安慰著她，只有月明看起來很緊張地坐在床上，小手緊緊地握著雲開冰冷的手。

「媽咪，妳爲什麼要住在這裡？」

「媽咪腦子裡面長了蟲蟲，所以要開刀拿出來。」雲開溫柔地撫摸著月明的頭髮輕聲地說著。

「那是不是會流很多血？」月明說著眼眶就紅了。

「會流一點血。」雲開解開月明的辮子重新幫她紮緊，假裝一點也不在意地說著。

可是月明咬咬嘴唇，便忍不住地號啕大哭起來，「我不要媽咪死掉。」

所有的人停下來慌張地看著雲開兩母女，面面相覷接不上話來，在場的人多數已經跟著掉下眼淚，只見雲開的手顫抖了一下，緊緊地抱著月明，「不會啦，媽咪不會死掉，媽咪只會變成很流行的大光頭喔。」雲開含著淚擠出笑容安慰著稚幼的女兒。

「眞的嗎？」月明眨著淚光張大眼睛看著雲開，「可是長頭髮比較好看。」

雲開努力不讓眼淚掉下來，「頭髮再留就會變長啦。」

月明想了好一會兒，很擔心地再問一次，「媽咪，妳不會死掉嗎？」

雲開搖搖頭，緊緊地再次抱緊月明，「不會的，媽咪不會死掉的。」

陳玫跟May早已掉下淚來，傅道跟傅大宇等人只是面色凝重地陪在旁邊，看著雲開兩母女近乎生離死別的場面，沉痛而無措。

門上傳來敲門的聲音，眾人回頭看見是一個陌生人，只有傅大容見過他。

「杜先生？」雲開訝異地看著不請自來的訪客。

「我聽說妳今天要做手術，所以想來看看妳。」杜學義爽朗地笑著，向大家介紹自己，「我是杜學義，是個室內設計師，只是因爲關心傅小姐，所以來探望。」

大家禮貌性地回應他，畢竟在這種時刻似乎對其他事情都提不起勁來，加上雲開維持著禮貌的神情，讓大家頓時客套起來，只有傅大容打趣地說著，「杜先生，這件事情應該不會是因爲聽說吧？」

「大容！」雲開不想多生事端，只是輕聲喝叱，即便她不能確定自己跟遠方的愛情是否可以有結果，她也無法給杜學義機會，對於身邊的感情，她總是非常恐懼。

病房的門再次被人敲響，眾人再次回頭卻發現是一個陌生的外國人。

「Big?!」雲開錯愕地看著站在門口高大挺拔的Mr. Big Guy。

他跟大家打個招呼點點頭，逕自走向床邊，也跟月明打了招呼，帶著深切的笑容注視著雲開，「小傢伙，妳好嗎？」

雲開久久答不上話來，Mr. Big Guy未曾告知她自己會出現，「你怎麼來了？」她頭一偏，便看見大家很困惑地看著這個外國人，雲開只能跟大家介紹。

Mr. Big Guy一下子認出傅道，雖然先前看過傅道的報導，現場看到仍然覺得雲開與他的確非常相像，Mr. Big Guy感覺得到傅道有著非常智慧的靈魂，只是爲什麼在處理感情與家庭的事務上卻相對缺乏彈性，他與傅道握手時並沒有多言。

現場的人對於Mr. Big Guy的身分感到很好奇，雖然知道雲開認識一位外國籍的大律師，但是以爲僅止於工作上的往來，如今卻在雲開手術前突然出現在病房，的確引起大家的猜測。畢竟，雲開一直獨來獨往，她的感情生活也非常低調，這一下子卻突然出現了杜學義跟一個外國人，可是雲開對待兩人的態度卻是截然不同。

現場的氣氛在Mr. Big Guy來了之後陷入一種奇妙的互動，大家在雲開與兩個男人身上輪流轉著，身上流露著相近的氣質，只是一人爽朗年輕，另一人充滿成熟的優雅氣度。

Mr. Big Guy知道自己的出現會引起一陣騷動，但是更敏銳地嗅出不同的氣息，他並無意來造成雲開的困擾，他也不知道杜學義跟雲開之間的關係，但是他仍然大方地對杜學義點頭微笑，對他而言，此刻最重要的是來看他的小傢伙，在小傢伙最關鍵的時刻陪她一段。最後雲開開口向大家說道，「如果方便的話，請大家暫時先離開，我有話要跟他說。」

大家很識趣地離開，杜學義在離開病房前，深刻地望了雲開及Mr. Big Guy一眼，彷彿在那一瞬間了解了雲開一直保持疏遠的態度所爲何來，但他也只是維持風度地微笑著離開。

May走過來牽起月明的手，「月明，要不要跟乾媽一起去買飲料給媽咪喝？」

月明不捨地看著雲開，雲開對她笑笑，「小寶貝，跟乾媽去幫媽咪買飲料，ＯＫ？因爲乾媽不知道媽咪喜歡喝什麼飲料。」

月明聽了立刻跳下床，「我知道媽咪喜歡喝什麼，乾媽我帶妳去買。」跑去牽起May的手，積極地想要去幫雲開做點事情。

目送著月明離開房間，雲開轉頭看著站在床邊帶著笑容跟滿滿關切眼神的男子，她拍拍床畔，男子坐了下來。

「你怎麼會來？怎麼沒有告訴我？」

Mr. Big Guy笑了，「驚喜啊。」掃視著雲開的容顏，覺得她又瘦了，儘管嘴巴上說著已經做好心理準備，事實上仍是受著極大的煎熬吧，他心疼地想著，自己又何嘗不是呢？他一向好眠，可是過去這一週，卻每晚作惡夢，夢裡總是看見雲開漸行漸遠，他怎麼也追不上她的腳步，「妳知道，我一直想要看見妳變成光頭大美女的樣子，所以就趕來了，看來我還來得及看見妳剃光頭髮，一定很性感。」。

原本鬱悶的心情，聽見這話，讓雲開笑了出來。

看著她的笑容，Mr. Big Guy伸出手撫摸她的臉頰，「有沒有人跟妳說妳長得很漂亮？」

雲開尷尬地搖搖頭，事實上並沒有人這樣說過她，儘管傳道長得風流倜儻，但是與父親過於相似的雲開總覺得自己長得太過中性化，跟美麗這個形容詞是八竿子也打不著的。

「太糟糕了。」Mr. Big Guy憐愛地看著她，半晌才問道，「幾點做手術？」

「等一會兒吧，他們就要來幫我剃光頭了，你就可以一償心願了。」雲開裝作開朗地說道。

Mr. Big Guy握著她的手，「是啊。」故作輕鬆地說著，一邊輕撫著她修長的手指，摸到她指尖的繭，迷戀地來回磨蹭著。

雲開原本不確定今天早上心中那一點遺憾是什麼，卻在Mr. Big Guy的出現之後圓滿了。

兩個人靜靜地坐著，誰也不想打破這份安寧，從早上到現在，病房裡面一直都是關心雲開的朋友跟極少數的親人，每個人都來給她加油打氣，可是相對地，也帶給雲開莫大的壓力。她一直不習慣表露自己真正的情緒，其實心裡再怎樣也是忐忑不安的恐懼縈繞，可是怎麼在大家面前表現呢？只能強裝起開朗的模樣面對眾人。

「好累。」雲開突然脫口而出。

Mr. Big Guy抬起頭注視著她，「我知道。」

雲開眞的很懷疑他知道嗎？Mr. Big Guy一直都是很有自信的人，總是向著自己的目標努力前進，可是她自己卻一事無成，沒有一個完整的家庭，沒有一個成功的事業，沒有可依賴的伴侶，甚至也沒有健康的身體。

「做人好難，常常覺得人生除了月明，其實早就沒有值得留戀的東西，」雲開幽幽地說著，「今天早上每個人都用心地鼓勵我。」

Mr. Big Guy並沒有答腔，只是靜靜地聽著。

「但是我覺得好累，因爲我其實心裡很惶恐，仍然不敢去想像手術的結局，可是我卻依舊要帶著笑容面對他們，因爲我從小就不讓他們爲我擔心，久了也就變成習慣，但是眞的好累。」雲開看著仍然在撫摸她指尖的修長手指，輕輕地說道。

「所以我來了。」Mr. Big Guy溫柔而堅定地回應著雲開。

雲開抬起頭凝視著Mr. Big Guy。

「當妳上週來到峇里島，我就知道了，不管我們可以一起走多久，起碼妳在我面前不用僞裝，所以我來了，我想在這個緊繃的時刻，也許妳眞正需要的是一個可以讓妳放鬆的人陪在身邊。」Mr. Big Guy緩緩地說著。

雲開感動地看著他，爲什麼這個人可以如此了解她呢？她眼眶湧上淚水，Mr. Big Guy將她攬進懷裡，緊緊地摟著她。

「我真的好怕。」雲開哽咽地說著，在他懷裡哭了起來。

撫摸著她的長髮，Mr. Big Guy勉強自己用著開朗而堅定的語氣說著，「害怕是正常的，但是，答應我，要堅強，一定要健康地醒來，我會在這裡等妳。」

雲開也緊緊地抱著他，遲疑著不能答應這樣非自主性的要求。

「小傢伙，答應我。」Mr. Big Guy更加用力地抱著她，催促著她的諾言。

雲開輕輕地點點頭。

Mr. Big Guy在她頭髮上親吻了一下，「不要忘記答應我的事情。」

雲開再次點頭，房門上也傳來敲門的聲音，兩個人不捨地分開，Mr. Big Guy摸摸她的臉，低下頭親吻了一下她的嘴唇，雲開看著他充滿氣質的臉龐，希望可以牢牢地記住他的樣子，然後才開口請外面的人進來。

傅大宇打開門，先對站在床邊姿態優雅的外國朋友點點頭，才轉頭看著雲開，「姊，護士來了，要剪頭髮了。」

雲開點點頭，一群人又魚貫地進來，月明蹦蹦跳跳地到床邊將飲料遞給雲開，「媽咪等一下再喝。」雲開疼愛地摸著女兒的臉頰，望著那瓶飲料，必須禁食的她其實是無法喝下女兒為她挑選的飲料。

Mr. Big Guy讓到一旁站在窗邊，雲開轉頭對他解釋著，「你就要看見我的光頭模樣了。」

Mr. Big Guy微笑著點點頭，「我很期待。」

房裡的人並不了解這些話背後的含意，只是看著兩個人，隨即護士進來為雲開整理頭髮，在動刀之前，雲開請大家先離開，「不是這麼多人要觀禮吧？給我一點隱私權吧？」

大家只好笑著離開，連Mr. Big Guy也跟著眾人一起離開到病房外面等候。

當雲開的病床被推出病房的時候，大家走上前來看見雲開沒有頭髮的樣子，陳玫忍不住哭了。

「阿姨，不要這樣。」May走上前來安慰陳玫。

「May……」雲開還沒有說，May就點點頭地說著。

「妳要說的我都知道，妳要加油，好嗎？」

雲開感激地點點頭。

「媽咪，妳真的變成光頭了。」月明走上前來伸手摸著雲開的頭，「會不會冷啊？」

雲開搖搖頭，「不會。」伸手握著月明溫暖的小手，覺得又要掉下淚來，勉強轉過頭去看見傅道正嚴肅著一張臉，雲開不知道要說什麼，卻在要轉眼去看Mr. Big Guy的時候，感覺到傅道的嘴唇動了動，她回過頭又看了父親一眼，發現他欲言又止，心裡一股酸酸痛痛的感覺又燃起，他們之間的鴻溝真的一輩子都難以跨越嗎？她不能再想下去，只能轉過頭去搜尋Mr. Big Guy。

他正站在一側，帶著笑容看著雲開。

「還可以嗎？」雲開勉強地笑著問他。

Mr. Big Guy點點頭，依然保持著笑容，「很性感，很美。」

雲開伸出另外一隻手，Mr. Big Guy從後面走上前來緊緊地握住，他很清楚地看見雲開眼中的淚水，俯下身子在她耳邊說著，「小傢伙，不要忘記，妳答應過我的，一定要回來看我，等妳好了，帶著月明搬到峇里島來，妳的南十字星在那裡等著妳，我也在等著妳。」

雲開緊緊握著月明跟他的手點點頭。

隨著病床推向手術室，雲開環視著每一張臉，陳玟哭泣的臉，May忍著眼淚連鼻子也紅了，堂哥堂弟們憂慮的表情，傅道欲言又止的神情，月明咬著嘴唇就要哭泣的天使小臉龐，站在人群後面一臉關切的杜學義，最後落在仍然帶著鼓勵笑容的Mr. Big Guy臉上，雲開留戀地凝視著他臉上的每一個線條，他眼中的不捨是那樣明顯而深刻，像月明的淚水一樣深深地刺痛著雲開。

躺在手術台上，閉上眼睛避開刺眼的無影燈，如果這眞是人生的終點，到底自己有多少遺憾？

看不見月明的長大，體會不到跟傅道的父女之情，那麼感情呢？她要的只是普通人都擁有的生活，爲什麼對她卻是這般的遙遠而困難？她張開眼睛，感覺到燈光的刺眼，無影燈上盞盞的圓形燈泡像是一路陪伴她的那輪月亮，這短暫而多舛的人生，還會有再見滿月的機會嗎？這是雲開麻醉前最後的自問，卻尋不著答案便沉沉睡去。

# 終曲

雲開慢慢地張開眼睛，周遭非常非常的靜謐，除了自己耳鳴的聲音，她努力地眨眨眼睛，眼前模模糊糊，房間裡面光線非常刺眼，窗邊似乎閃爍著人影，頭很痛，張開嘴巴想要講話卻覺得喉嚨又乾又痛，只隱約發出一點聲音，耳鳴之中聽來更像呻吟。

Mr. Big Guy站在窗前，看著May正帶著月明在樓下的草地上玩翹翹板，病房裡面只有他陪伴著昏迷三天的雲開，此時背後突來的呻吟聲讓他像觸電一般地愣住，慢慢轉過身子，看見雲開醒過來。

他杵在原地，轉頭望天，他感謝這三天來接連不斷的祈禱終於有了回應，他走向病床，喉頭一緊，什麼也說不出來。

三天來他幾乎寸步不離地待在病房，甚至連用餐也都在病房裡面，他知道自己不該如此，也無所謂傳道其他人困惑的眼光，爲了等待雲開醒來，他只能告訴妻子正在處理台灣的案子，當雲開手術後沒有立即醒來，他再怎麼僞裝鎮定也欺騙不了自己內心的惶恐。

「嗨，小傢伙，」他走到床邊看著一臉蒼白迷惑的雲開，終於發出的聲音隱約帶著一絲的瘖啞與顫抖，伸出修長的手指撫摸著小傢伙的臉頰，「歡迎妳回來。」

雲開張開嘴巴，再度感覺到喉嚨的緊繃與疼痛而發不出聲音，感覺到自己的頭部非常疼痛，似乎也被層層的繃帶圍繞著。

「噓，」修長的手指來到雲開的嘴唇，輕輕地壓著，「回來就好，妳已經睡三天了，但是妳需要更多的睡眠。」

雲開點點頭，Mr. Big Guy轉身拿起側桌的棉花棒沾水溫柔地點在雲開乾燥的嘴唇上，雲開貪婪地吸吮著棉球上面的水分。

「慢慢來，妳現在不能喝太多水。」Mr. Big Guy拿起棉花棒再次沾水，「等一下妳的家人就會來了，他們每天都會來守候，月明每天下課都會跟May一起過來看看妳，在旁邊寫完功課才回家去洗澡睡覺。」

雲開失望地注視著Mr. Big Guy將棉花棒放回原處，但是那一點點的滋潤總算可以讓她發聲，「你一直都在這裡嗎？」

Mr. Big Guy將她的被子蓋好，輕輕地點點頭，指尖再次來到雲開的嘴唇，沿著她薄薄的唇線劃著，然後伸手去按床頭的呼叫鈴召喚護士。

兩個人注視著對方沒有開口，心裡想的都是同一件事情。半晌，Mr. Big Guy才開口，

「妳回來了就好，過兩天我就要回去峇里島了。」

雲開困難地點點頭，頭很痛，是傷口吧，她心想著，還是心痛？自己可以接受一段分享的感情嗎？雲開皺皺眉頭嘆口氣閉上眼睛。

「傷口很痛嗎？」Mr. Big Guy低沉的聲音在陣陣的耳鳴之中仍然深深地吸引著雲開。

雲開輕輕地點點頭，虛弱地再次張開眼睛，「謝謝你一直在這裡陪我。」她看著Mr. Big Guy想到傅道，想問卻又猶豫。

Mr. Big Guy看著她的神情，像是一下子看透了她的心靈，「妳的父親……」

雲開聽見他的話像是被針刺了一下地微微顫動。

「他每天都來，心事重重，我想也許你們應該坦誠面對彼此的感情。」

雲開還來不及回答，病房的門就被打開，護士進來看見雲開醒了，回頭又去請醫師。

病房的門再次關上，那景象像是觸動了雲開心裡的某個開關，不由自主地流下淚來。

「嘿，小傢伙，妳剛做完手術，不適宜這樣情緒激動，乖，別哭。」Mr. Big Guy緩緩拭去雲開臉上的淚水，「我知道很難，很多事情都不如我們所預料，但是此刻最重要的是妳回來了，很多事情都可以有轉機再來一次，慢慢再處理，別哭。」

雲開看著他，再來一次？是跟傅道還是跟他？很多事情是永遠都不會有轉機的吧？

病房再次打開，醫師跟傅道同時進來，Mr. Big Guy跟兩人點點頭退到窗邊，高大的身影伴著日光落在雲開的臉上，適宜地爲她擋住了刺眼的光線。

醫師上前檢查，雲開看見傅道一臉強抑激動的神情站在Mr. Big Guy旁邊等候著。

王醫師檢查完後跟雲開解釋著，「傅小姐，妳腦裡面那個腫瘤已經取掉了，妳睡了三天，情況一切都很好，後續會再幫妳做一些檢查跟追蹤，目前妳先好好休息。」說完回頭跟傅道點點頭，「傅立委，放心，沒事了。」

傅道用力地握著王醫師的手，鄭重地跟他道謝送他出病房。

雲開注視著父親的一舉一動，剛才她看見的是父親擔憂的神情嗎？

傅道站在門口好一會兒才回過身來，眼眶泛紅望著病床上的女兒。

雲開靜靜地看著父親，心裡有著許多的期待，卻又那麼害怕一切成空，不是早就告訴自己，從來都是沒有父親的嗎？早年的被迫沒有父親到後來的無緣享天倫，不是早也就習慣了嗎？爲什麼現在看著在門邊的父親，看見他像是突然老了十歲，心裡卻是一陣的不捨？但是自己就是緊緊地咬著牙根，不願意讓淚水湧上眼眶，彷彿這一來就像是示弱了一般，但父女間眞有示弱的尷尬嗎？

Mr. Big Guy一動也不動地站在窗邊注視著這對父女，他無意離開，心裡知道這次會是個轉機。

傅道慢慢走向女兒，一步一步走得像是千斤重，他從來都不知道面對過去的孩子竟然如此沉重，面對著守禮的重病，他感覺到無比的心痛，但是雲開這次的手術卻讓他感受到絕望的恐懼，恐懼的不僅是死亡的威脅，更恐懼一切都來不及說明的後悔莫及。

傅道走到床畔的椅子坐下，一雙手尷尬地不知該放哪裡，他連碰觸過去孩子的勇氣都沒有，他飄忽的眼神先是落於覆蓋在雲開身上的被子，半晌才移到雲開的臉上。

雲開相對不知所措地注視著Mr. Big Guy，她不知道傅道想要幹嘛，也不知道要如何單獨面對父親，向來都是沉默以對的父女在這樣近距離的空間裡激盪著親近的無措與恐慌。

Mr. Big Guy只是微笑著點點頭，並且伸出手指比比自己又指向地面，向雲開保證自己不會離開。

「能永遠都不離開嗎？」雲開心裡忍不住激動地自問著，卻怎麼也要壓抑住這樣的渴望，將視線勉強地轉回到父親身上。

「那不是一條長長的走廊，」傅道突然開口說話，讓雲開一驚，「那是一個長條型的狹窄會客室，妳不是坐在我腿上，妳是坐在妳母親的腿上。」雲開了解到傅道訴說的事情，震撼地注視著他，無法開口回應。

傅道低沉的聲音激動而沙啞地回憶著，「那天，妳跟妳母親來綠島看我，我們在那樣狹窄而長條的會客室裡面，妳坐在妳母親的腿上，在一樣是長條的桌上畫圖，我們之間隔著玻璃，我只能看著妳畫圖，甚至想要摸摸妳的手都不行，那時候妳好小，但是喜歡畫圖，畫得很好，我問妳『可不可以把那張圖給我』，妳說『可是給你，我就沒有啦。』」

雲開的眼淚不由自主地滑下臉龐，緊咬著嘴唇不讓自己哭出聲來。

傅道繼續說著，陷入深沉的過去，渾然不覺自己人在何處，「我說，『可是妳可以再畫一張啊。』妳猶豫了一下，像個小大人似地在思考著，妳望著我的眼神好像在懷疑我到底是誰？可以把畫給我嗎？最後以做出重大決定的姿態點點頭，將畫交給獄警帶到玻璃的另外一邊給我，接著又低頭用獄警給妳的另外一張白紙繼續畫圖。」

傅道停了半晌，淚已滿臉，雲開嘴唇顫抖無法開口，只聽見傅道亦是顫抖的聲音哽咽地說著，「那張畫，我一直都留著，因為我想，我再也沒有機會拿到妳的畫了。」

雲開從來都不曾這樣的心痛，他們父女到底錯過了什麼呢？

傅道注視著自己的女兒，這個跟他長相神似的孩子，「慶功宴上妳病發說出這件事情，我才知道原來受苦的不只我一個人，可是，面對失去的時光好困難，我一出獄，妳們都長大了，我不知道該如何面對我過去的孩子，從未相處過的孩子，當妳推入手術房的那一瞬間，我好後悔，唯恐妳再也無法醒過來，我將永遠都沒有機會告訴妳，我也記得這件事情，一直都記得我們之間僅有的一點共同回憶。」

雲開緊咬著的嘴唇像是就要溢出血來，看見父親縱橫的老淚，心疼地伸出插著針頭的手虛弱地移向父親，喉嚨疼痛得無法講話。

傳道接住女兒的手，看見她想要講話卻不能的痛苦，淚水落在雲開的手上，滾落到白色的床單上，濺出一朵灰色的美麗珠花，「不用說話，不用說話，我都明白，我都明白。」

雲開嘆口氣，更多的淚水順著髮鬢滑下耳際，原來竟是要經歷這樣的生離死別才能讓頑固的兩人覺悟到原本就已經存在的事實，雲開知道不可能所有的情節從此改寫，然而也只求少一點遺憾就好。

病房門再度打開，月明蹦蹦跳跳地跑進來，看見母親醒來，高興地大叫著，「媽咪，媽咪，我好想妳喔。」撲上床前來。

雲開看著手中仍握著父親的手，另一手撫摸著心愛女兒的天使臉龐，轉頭望向仍然佇立窗邊的高大男子，背著光的他卻露出無比燦爛的笑容讓人無法逼視。

恍恍然會不會只是一個夢境，望著眼前生命中最重要的人，但願是夢也永遠不醒來。

終，於北投二〇〇五年三月七日凌晨一時七分

INK PUBLISHING 文學叢書 101

# 月蝕

作　　者　施珮君
總 編 輯　初安民
責任編輯　施淑清
美術編輯　許秋山
校　　對　施淑清　施珮君

發 行 人　張書銘
出　　版　INK印刻出版有限公司
台北縣中和市中正路800號13樓之3
電話：02-22281626
傳真：02-22281598
e-mail:ink.book@msa.hinet.net
法律顧問　林春金律師

總 經 銷　成陽出版股份有限公司
訂購電話：03-3589000
訂購傳真：03-3581688
http://www.sudu.cc
郵政劃撥　19000691 成陽出版股份有限公司
門市地址　106台北市新生南路三段96-4號1樓
門市電話　02-23631407
印　　刷　海王印刷事業股份有限公司

出版日期　2005年8月 初版
ISBN 986-7420-82-9
定價　240元



國家圖書館出版品預行編目資料

月蝕／施珮君 著.－－初版,
－－臺北縣中和市：INK印刻,
2005〔民94〕面； 公分（文學叢書；101）

ISBN 986-7420-82-9（平裝）

857.7　94014237